엄마,
이제야 알 것 같아

엄마 이제야 알 것 같아

엄마가 되어서야
알게 된
엄마의 시간들

박주하 지음

프롤로그

엄마 품은 내가 태어나 처음으로 만난 세상이었다. 당연히 엄마는 나와 세상을 이어준 첫 번째 끈이었으며, 엄마와 더불어 시간이 흘러가고, 키가 커지고, 마음이 자랐다.

엄마가 한편으로는 상처였다.

엄마와 나 사이에서 어떤 일들이 벌어지고 있던 것일까? 육체는 어른으로 자라는 물리적 변화를 따르고 있었지만 깊이 숨어 있는 감정은 화학적 변화에 휩쓸려 있었다. 나는 끊임없이 동굴로 숨어들고 나오는 걸 반복했으며, 그러는 동안 삶에서 부딪치게 되는 사람들에 대해 알아차리고 분별하는 힘도 조금씩 자라났다.

우리는 헤아릴 수 없는 사람들과 부딪치며 살아갈 수밖에 없는 존재이다. 그리고 좋았든 나빴든 내게 가장 큰 흔적을 남긴 기이한 인연은 엄마였다.

엄마와 나 사이에 있었던 일들은 무엇으로도 설명하기가 어렵다. 우리 두 사람 사이에서 일어나고 스러졌던 감정의 파도를 어찌 이성만으로 명확하게 설명해낼 수 있겠는가. 모든 감정들을 하나하나 명확하게 인지하고 명료하게 설명하기란 본래 힘든 법이다. 하여, 세상에서 가장 가까운 존재인 엄마가 느끼고 있었던 감정에 대해 내가 얼마나 이해하고 있었는지 새삼 의문이 들었다. 뒤늦게.

내 눈앞에 있는 엄마가 공기처럼 당연했다. 너무나도 당연한 나머지 의문을 가졌던 적도 없다.

"나는 엄마를 얼마나 아는가? 언제부터 알았는가? 무엇을 아는가?"

말이 될 듯, 안 될 듯싶은 이 질문에 어떤 답을 내놓을 수 있을까.

마음이 조급해진다. 나 자신이 엄마가 되기 전까지는 생각조차 해 본 적이 없었다. 삼십대를 지나오는 동안에도 엄마를 제대로 바라본 적이 없었다. 내게 닥친 삶의 굴레에 갇혀 허덕이면서 그저 자식을 키우는 것만으로도 정신이 없었다. 오히려 나를 돌보았던 건 여전히 엄마였다. 엄마는 자식 때문에 인생이 힘들다고 했고, 나는 그런 엄마로 인해 힘에 겨웠다. 먼저 부모가 된 이가 감당해야 할 일은 끝이 없었다. 자식의 자식을 돌보며 고단한 생이 돌림노래처럼 반복되는 일상이었다.

인생이 행복한 일로만 가득할 것이라고는 기대하지 않았다. 그렇게 바라지도 않는다. 불행한 일이 찾아온다면 당당하게 감당할 것이라 믿었고, 그게 인생이라고 생각했다. 한 걸음 한 걸음 나아갈 수 있을 정도의 무게라면 기쁘게 짊어질 수 있다고 생각했다.

학교에 간다며 집을 나섰던 스무 살 딸이 청천벽력처럼 싸늘한 주검이 되어 돌아오고, 또 다른 자식 또한 만신창이가 되어 돌아오자 온갖 고난을 겪으면서도 꿋꿋하게 버텨왔던 엄마는 무너지기 시작했다. 무너져내린 엄마와 부대끼며 다시 십 년을 살았다.

고통스럽기만 했던 십 년이라는 시간이 아니었다면 내가 엄마의 진짜 얼굴을 알아볼 수 있었을까? 매일매일 힘겹기만 하다고 생각했던 시간이 아니러니하게도 엄마를 제대로 볼 수 있었던 시간이었다. 엄마의 시간을 느끼기 시작했다. 각자의 상처를 부둥켜안고 살다가 아픔을 서로에게 흘려보내기 시작하면서 나는 엄마의 상처를 받아들일 수 있게 되었다. 처음으로 엄마를 만나기 시작했다.

이해할 수 없었던, 난마처럼 얽혔던 실타래가 한순간 풀어졌다. 등줄기를 꿰뚫고 전기가 흐르는 느낌? 오랫동안 가슴을 짓누르던 커다란 바위덩어리가 부서져나가는 느낌이 들었다. 고통과 슬픔의 시간을 관통하면서 엄마도 조금씩 캄캄한 어둠의 세계로부터 햇살 아래로 걸어 나오기 시작했다.

상처를 어떻게 바라보고 다루는가에 따라 치유가 되기도 하고, 덧나고 깊어지기도 한다. 꽁꽁 싸매놓으면 상처는 낫지 않는다. 걱정을 할까 봐, 혹은 상처를 주는 건 아닌지 염려하면서 서운함과 분노로 뭉쳐진 내 상처를 숨기는 건 더 큰 오해를 만들기도 하고, 더 높고 두꺼운 벽을 만들기도 한다. 그래서 따뜻한 온기와 바람이 스미는 곳으로 흘려보내야 하는 것은 꽁꽁 묶어 숨겨놓은 기억들이었다.

엄마는 여전사였다. 무엇이든 해내는 당찬 여자였다. 어린 시절의 엄마는 무서우면서도 애달픈 존재였다. 엄마의 그런 이미지는 엄마를 제대로 바라보지 못하도록 만든 원인이기도 했다. 나는 단 한 번도 엄마가 연약한 존재라는 생각을 하지 않았다. 몇몇 가슴 아픈 일들로 인하여 엄마의 아픔을 살풋 느끼게 되는 기회가 있기는 했지만 자식은 기본적으로 부모가 지닌 깊은 상처까지 헤아리기엔 터무니없는 존재이기도 하다.

둘째를 잃고 엄마는 휘청거렸다. 감당할 수 없는 아픔 속에서 상처를 입고 헐떡거리는 또다른 자식을 지켜보아야 하는 일은 불길에 기름을 부었을 것이다. 삶의 기쁨과 희망을 잃었고, 수십 년 동안 여전사처럼 씩씩하게 삶의 전투를 수행해왔던 엄마로서도 더 이상 감당하기 어려운 파도였을 것이다.

막상 엄마라는 존재가 되었을 때, 나는 나를 중심으로 세상이 돌아가는 주인공으로서의 삶이란 먼 나라 이웃나라 이야기에 불과하다는 걸 비로소 알게 되었다. 사실 엄마와 자식 사이에서 삶의 균형점을 찾는다는 것은 매일매일이 도전하는 삶이다. 그뿐이던가.

부모와 자식 사이엔 필연적으로 갈등이 일어날 수밖에 없는 요소들이 있다. 즉 나는 내 자식의 인생이 어떻게 시작되고 어떤 일을 겪으며 이어져 오고 있는지 속속들이 알고 있지만 아들은 내가 어떤 사람인지에 대해 아무것도 모른다. 그걸 종종 잊었다. 아이가 나를 이해해 주지 않는다며 탓하고 알아달라고 채근하곤 했다. 어리석었다. 엄마의 삶에 대해 알고 있는 게 거의 없다는 걸 깨달은 뒤에야 내가 얼마나 무모한 기대와 바람을 아들에게 품었던 것인지 깨닫게 되었다.

엄마가 되어서야 비로소 엄마를 만났다.

엄마로 살면서 수많은 시행착오를 겪었다. 여전히 겪고 있다. 하지만 엄마를 바라보는 마음과 시선은 많이 달라졌다. 엄마가 되어 얻은 선물이다.

엄마가 품고 있는 속정을 느끼게 되기까지는 참으로 오랜 시간이 걸렸다. 고통스럽기만 했던 그 시간 속에 갇혀 있을 때는 얼마나 더 버티며 걸어 나갈 수 있을지 암담했다. 어느날 잠든 엄마의 뒷모습을 보고는 가슴이 저려서 소리를 감추지 못하고 울었다. 뒤통수를 망치로 맞은 것 같은 충격이 왔다. 그날부터 엄마를 기다렸다. 바라보면서 기다리기 시작했다. 한걸음 뒤에서, 때로는 옆에서 엄마를 바라보며 엄마의 흩어진 시간과 사라진 시간을 찾고 싶었다. 어둠의 공간에서 묻혀 있던 기억이 나를 도왔다.

우리는 수많은 것을 망각한 채로 살아간다. 기억하지 못한다고 해서 어떤 일도 없었던 것은 아니다. 아무도 돌보지 않는 무덤처럼 버려져 있던 기억도 얼마든지 환원될 수 있고 생생하게 살아나기도 한다. 기억이 없다면 우리는 아무것도 아닌 존재일지도 모른다는 걸 엄마의 시간을 기록하면서 알게 되었다.

엄마의 시간을 기록하고 싶었다. 그것은 자식만이 할 수 있는 일이었다.

1장부터 4장까지는 어린 시절 보았던 엄마의 시간들, 내가 모르고 지나왔던 엄마의 흘러간 과거를 찾아내 재구성했다.

기억은 사람을 한 걸음 앞으로 내딛게 하기도 하고, 움츠러들게 하기도 한다. 내가 간직하고 있던 기억들은 엄마에게도 아픈 시간이었다. 또한 엄마로부터 들었던 과거의 시간을 나의 시선으로 재구성하고 엄마의 과거를 찾아가면서 엄마를 더 사랑하게 되었다. 그러면서 내가 품고 있던, 절대로 회복될 수 없을 거라고 믿었던 상처에서 새살이 돋기 시작했다. 엄마로부터 상처에 대한 기억들이 꺼내질 때 나는 꺼억꺼억 울었다.

5장부터 8장까지는 어느 날 집안에 닥쳤던 재앙으로 망가진 엄마의 시간을 함께 하며 견뎠던 날들, 그 고통으로부터 벗어나 조금씩 양지로 나올 수 있게 되기까지의 과정을 그렸다.

기억이 없다면 우리는 아무것도 아니다. 존재의 의미는 기억에서 시작되는 것이었다. 가슴 아팠던 혹은 따뜻했던 기억으로 삶을 느끼고 엄마를 알 수 있었다.

때로는 피 터지게 싸우며 서로를 향한 섭섭한 마음을 품고, 그러면서도 서로의 존재만으로도 위안이 되는 애증관계가 모녀라고 생각한다. 나뿐만이 아니다. 자식을 가장 잘 아는 것은 엄마였고, 엄마를 온전히 이해해줄 수 있는 존재는 자식이었다. 다만 시간 차이가 날 뿐이다. 당신과 당신의 엄마 사이를 이어주는 것은 서로만이 공유하고 있는 그 기억이다.

서로에게 주어진 시간 동안 이제는 아픈 기억들을 흘려보내고 따뜻한 기억들로 남은 삶이 채워졌으면 한다. 또한 지금 엄마가, 혹은 당신의 딸이 힘겨운 시간 속에 있다면 조금이라도 희망을 가지면 좋겠다. 그 시간이 지나면 햇살로 가득 찬 따뜻한 시간이 다시 올 것이라는 걸 의심하지 말고 사랑하는 엄마와 딸이 서로를 다시 껴안는 시간이 되기를 마음 모아 기원한다.

Contents

3장 돈이 원수다

4장 엄마의 삶

5장 큰 따옴표 안의 말들

6장 내 아들, 내 동생

7장 엄마를 품에 안다

8장 엄마를 알아간다는 것

1장

아픔은 기억을 조작한다

어린 날의 시절은 회색빛으로 가물거린다.

가물거리는 파편들 사이로 사진을 찍어놓은 것처럼

하나하나의 장면들이 또렷하게 보인다.

기억은 그런 것이다.

그 누구에게도 보이지 않으나 내게는 보이는 것.

엄마와 아빠의 전쟁

또 싸운다. 방문을 꼭 닫고 문에 기대 앉아 귀를 막는다. 세상이 깨지는 것처럼 접시 부서지는 소리가 문 너머에서 들렸고, 무언가를 마구잡이로 던져대는 소리로 시끄럽다.

"놔! 이거 안 놔!"

"그래! 다 죽자, 죽어!"

언제 저 지옥과 나 사이를 경계 짓고 있는 이 방문이 열릴지 알 수 없다. 숨을 죽인 채로 겁에 질려 덜덜 떨면서 잔뜩 웅크리고 있다.

비명소리가 들린다. 갑자기 문이 열리고 전쟁터 한가운데로 끌려나가는 나를 상상하면서 숨이 찬다. 새파랗게 질린 나는 날카로운 비명소리에 방문을 열고 뛰쳐나간다.

"그만해, 엄마 아빠!"

눈물과 콧물로 범벅이 되어 엄마를 붙잡고 늘어졌고, 나는 내팽개쳐진다. 눈을 감는다. 그 다음은 기억이 없다. 어느 곳에 묻혀 있는지 튀어나오지 않는다. 단지 헤아릴 수 없이 이어지던 전쟁 장면 중 어느 한 컷만이 내 뇌리에 박혀 있을 뿐이다. 왜 싸웠는지 모르고, 나는 무엇을 잘못했는지도 모른다.

엄마와 아빠 사이에서 벌어졌던 격렬한 전쟁의 한 장면은 기억 속에서 어느 순간 끝이 난다. 다시, 무언가 하나의 장면이 눈앞을 스친다. 기억은 제 마음대로 튀어나온다.

바닥에는 유리조각과 찢어진 옷가지와 찢어진 책과 찢어진 마음이 나뒹굴고 있다. 엄마 아빠의 몸과 얼굴에도 상처가 나 있다. 피부가 빨갛다. 아빠는 현관문을 쾅! 닫으며 집을 나갔고, 엄마는 깨진 접시와 부서진 물건들을 검은 봉지에 주워 담고 있다.

"손대지 마! 다쳐!"

뾰족한 엄마의 목소리에는 울음이 섞였다. 나는 딸꾹질을 하면서 겨우 숨을 쉬었다. 울음을 참고, 거칠게 숨을 몰아쉬면서 벽에 기대 서 있다.

공포다. 세상은 고요해졌지만 전쟁은 언제 어떻게 다시 벌어질지 알 수 없다. 엄마는 나를 끌어안고 꺼억꺼억 운다. 격렬했던 분노가 슬픔으로 바뀌어 엄마는 꺽꺽 운다.

슬픔은 이제 침묵이 된다. 엄마 아빠는 모두 말이 없다. 그래도 사람은 때가 되면 배를 채워야 한다. 우리 가족은 소박한 둥근 갈색 나무 상을 펴놓고 밥을 먹는다. 숨이 막히는 밥상머리 한 귀퉁이에서 나는 어떻게 해야 할지, 무슨 말을 해야 할지 알 턱이 없다. 그저 부엉이처럼 큰 눈으로 엄마 아빠의 표정을 살필 뿐이다.

'나는 누구랑 살까? 엄마 아빠가 나를 어떻게 한다고 했지?'

무슨 생각을 했는지 기억나지 않는다. 엄마 아빠의 모습을 훔쳐보면서 닭똥 같은 눈물만 흘리며 입에 밥을 퍼 넣을 뿐이다.

"엄마 안 죽어. 아빠도 안 죽어. 어서 밥 먹어. 밥 먹자."

아빠는 내 숟가락 위에 반찬을 얹어주고 엄마는 다시 눈물을 훔치며 코를 푼다. 전쟁의 잔해가 이곳에서 어떤 일이 벌어졌는지 알려주고 있었지만 엄마 아빠는 다시 일상으로 돌아왔다. 반복되었고, 서로를 헐뜯었고, 툭하면 집 안 물건들이 날아다녔다. 또 같이 밥을 먹었고, 또 같이 끌어안고 잠을 잤다. 바닷가에도 놀러갔고, 어렴풋이 손을 잡고 걸었던 기억도 있다.

기억은 기억을 잡아먹었다. 엄마 아빠가 나를 사랑했다는 것만은 분명하다. 나를 잘 키우기 위해 노력했던 것 같다. 그런데 막상 뚜렷한 그림이, 이야기가 떠오르지 않는다. 야속하다. 잡아먹힌 기억은 다시 돌아오지 않는다. 눈을 감고 머릿속을 헤집어도 그 조각은 끝내 나오지 않는다.

물건을 정리하다가 선반 아래쪽에 쌓여 있던 두꺼운 옛날 앨범 몇 권이 보였다. 한 장 한 장 넘겨본다. 한 살, 두 살, 세 살… 유치원에 다닐 때 찍었던 사진들로 앨범 한 권이 가득 차 있다.

비닐 필름을 살짝 들어 올려 사진 한 장을 집는다. 사진을 만져보고 싶었을 뿐인데, 나도 기억하지 못하는 내 모습을 본다는 것은 낯설기도 하고 행복한 느낌을 주기도 한다. 퍼즐을 맞추듯 어린 나를 들여다보며 흘러간 나의 시간에 대해 알고 싶다는 마음이 몽글몽글 피어오른다.

사진을 뒤집자 사진을 찍은 해와 날짜가 적혀 있다.

'이게 뭐지?'

오랫동안 비닐에 덮여 붙어 있던 사진을 하나씩 모두 떼어내기 시작한다. 사진을 단단하게 봉인하고 있던 비닐을 손톱으로 긁어 떼어낼 때마다 심장이 쿵쿵 뛴다. 희열이 느껴진다. 사진마다 사진을 찍은 해와 날짜들이 다 적혀 있어서 그 장면이 언제 포박된 순간인지를 분명하게 알 수 있다.

사진 뒷면에 적힌 연도와 날짜, 그 숫자는 내 역사에서의 한 순간을 증언하고 있다. 지나간 한때 한순간이 멈춰져 굳어 있는 사진들을 보면서 나는 엄마 아빠로부터 사랑받으며 자란 아이라는 증거로 받아들인다. 너무나도 귀엽고 예쁜 옷을 입고 있다. 다행이다.

'기억을 다시 찾을 수 있다.'

마음을 놓을 무렵, 사진 한 장이 나를 결국 먹어버렸다.

유치원이다. 예쁜 원피스와 한복을 입고 나는 몇 명의 친구들과 함께 나란히 서 있다. 커다란 케이크와 하얀 접시에 놓인 과자와 떡 등 보통 유치원에서 차려주는 생일상이 앞에 놓여 있다. 기억이 나지 않는다.

슬픈 일이다. 이런 특별한 이벤트가 왜 내 기억에 없는 것일까.

얼마나 깊이 묻어 두었기에.

생일상 앞에는 몇몇 엄마들이 앉아 있고, 나는 우두커니 아이들 사이에 서 있다. 옆에 서 있던 아이들은 모두 절을 하고 있는데, 서 있는 아이는 나 혼자다. 이건 어떤 상황일까? 어떤 문제가 있는 것인가.

'우두커니 서 있는 게 어때서?'

'나는 내성적이고 부끄럼이 많았을까? 수줍은 아이였을까? 아이들과 어울리지 못했을까? 엄마에게 절을 하는 것이 쑥스러웠을까?'

알 수 없다. 기억은 조각조각 찢겨서 한 장의 사진이 보여주는 상황을 통해 재구성해볼 뿐이다.

엄마와 아빠가 서로를 죽일 것처럼 싸우던 고함소리들이 켜켜이 쌓여 나의 마음을 막아버렸다. 스스로 마음이 막힌 아이라고 결론지었다.

다시 기억이 난다. 달을 보면 소원을 빌곤 했다. 달을 보면서 소원을 빌고 기도하는 내가 선명하게 떠올랐다.

"엄마 아빠가 싸우지 않게 해 주세요."

조금씩 자라면서 아빠도 무섭다고 느꼈을까? 엄마만 무서웠을까? 아빠가 더 무서웠을까? 알 수 없다. 나를 가운데 두고 주먹다짐을 하고 손에 잡히는 대로 무언가를 던져대던 젊은 아빠와 젊은 엄마의 모습이 나의 어린 시절을 가두어버렸다.

무엇이 그들을 괴롭게 하였으며 무엇이 이십대 젊은 부부의 삶을 힘들게 하였는가.

"나를 죽여. 네가 나를 죽여. 나가 죽어. 개 같은 새끼."

서로에게 무서운 욕설을 퍼부으면서 그들은 그토록 젊은 시절을 무엇으로 버텼는가.

아빠는 노란 체더 치즈 한 덩어리를 들고 들어왔다. 도마에 올려놓고 치즈를 썰어 내 입에 넣어주었다. 엄마 아빠의 목소리에 적의가 실려 있지 않다.

엄마는 내게 옷을 입힌다. 까만 벨벳에 형형색색 작은 별들이 가득 박혀 있던 원피스는 허리 라인에 노란 리본이 달려 있고, 머리는 늘 단정하게 묶여 있다. 예쁜 여자아이이다. 새까맣고 동그란 눈은 웃고 있지 않다.

다시 앨범을 앞으로 넘긴다. 긴 머리를 늘어뜨린 엄마는 날씬하다. 검은색 부츠를 신은 세련된 모습이다. 언제일까?

또 한 장을 넘긴다. 아기인 내가 있다. 머리카락도 없다. 날짜를 보니 81년이다. 나는 두 돌이 지났다. 대략 스물서너 살 남짓인 엄마 아빠는 나를 안고 케이블카를 타고 있다. 단란한 세 식구다. 이때는 괜찮았을까?

또 넘긴다. 엄마의 옷은 초라해졌다. 뽀글뽀글 파마머리다. 여섯 살, 일곱 살….

엄마 아빠의 고함소리가 다시 들린다.

쌀과 연탄이 말해주는 이야기

엄마는 부엌으로 연탄을 갈러 나가면서 내게 꽃무늬가 그려진 붉은 담요를 둘러준다.

어린 시절의 엄마는 늘 다 타버린 연탄재와 쌀, 이삿짐 박스와 함께 있다. 어느 동네에서 살던 때였는지 기억하지 못한다. 그냥 띄엄띄엄 떠오르는 엄마의 모습… 지폐 몇 장을 세면서 모나미 볼펜으로 공책에 무언가를 적는 모습도 있다. 숫자가 무엇을 의미하는지 고작 유치원생인 나는 알 길이 없었다.

굶지는 않았다. 단칸방에 아빠 군복과 옷 몇 가지가 걸려 있었고, 나무로 만든 상을 펼쳐두고 세 식구가 밥을 먹었고, 내 숟가락에 반찬을 얹어주던 아빠 엄마가 스친다. 다행이다.

방문을 열면 바로 차가운 바람이 세차게 밀려들었고, 엄마는 상을 들고 나가 잿빛 시멘트 바닥에 쪼그리고 앉아 빨간 플라스틱 대야에 물을 받았다. 흥얼흥얼 노래를 부르는 날이 있었고, 입술을 꼭 다물고 그저 설거지만 하는 날도 있었다. 빨간 고무장갑을 끼는 날보다 맨손으로 설거지를 하는 날들이 더 많았다. 나는 부엌 문지방에 서서 그런 엄마를 물끄러미 바라보곤 했다.

어린 여자아이는 종종 천정이 무너져내릴 것만 같은 고함소리와 함께 자랐지만 사랑이 부족하지는 않았다. 누가 그러더냐고? 내가 그렇게 답을 내렸다. 머리가 하얗게 새어 백발이 된 엄마는 무엇이든 자신보단 자식새끼 입에 들어가는 것을 봐야 속이 편하다는 사람이니까.

월급을 받아 방세 2만 원에 지난 달 외상으로 산 쌀값을 주고 연탄과 내 먹거리를 사면 다시 외상을 달아야 했다. 알콩달콩 행복하게 사는 걸 꿈꾸었을 엄마는 아마도 추운 겨울이 되면 마음이 더 추워졌을 것이다. 그래도 먹는 장사를 하는 집에서 자란 터라 굶지는 않았고, 현금을 보면서 자랐던 엄마가 지폐 몇 장으로 한 달을 살아내는 게 쉽지는 않았을 것 같다. 먹고 사는 것이 만만치 않아서 군인이 되었다는 아빠와 만난 건 처음부터 비극이었을지도 모른다. 그렇게 말하는 사람은 없었지만 나는 그렇게 느낀다. 기름과 물이 섞일 리 없지 않은가. 그래서 서로를 할퀴지 않았을까.

나이 서른 후반을 훌쩍 넘긴 뒤부터 나는 엄마 아빠의 삶을 추측해보곤 했다. 간혹 그들이 살았던 삶과 엄마가 지나온 과거의 편린을 털어놓고는 했어도 귀에 머무르지 않아 헤아리는 심성은 모자랐었다.

온기 하나 없이 냉기가 감돌던 부엌 한쪽 벽에 연탄이 쌓이면 엄마 목소리는 부드러웠고, 먹을 게 내 입에 들어가는 게 있을 때 엄마는 웃었다. 연탄과 쌀은 엄마의 행복지수를 나타내는 바로미터였다. 남편 월급으로 한 달을 살아내는 게 힘겨워서 여기저기 외상값이 또 쌓인다. 웃음과 한숨은 마치 한 쌍이기라도 한 것처럼 엄마의 입가에 번갈아 찾아들었다.

때때로 엄마는 내 손을 잡고 외할머니집을 찾았다. 나는 연기가 모락모락 피어오르는 외갓집 굴뚝이 보이면 엄마 손을 놓고 앞서서 달려갔으며, 황토색 나무 대문을 밀면서 할머니를 소리쳐 불렀다. 할머니는 비녀를 꼽아 정갈하고 가지런하게 매만진 머리를 하고는 달려오는 나를 꼭 품에 안아주었다. 할아버지 또한 "우리 손녀 왔냐?"며 당신 무릎에 나를 안아 올리고는 성호를 그었다.

외할머니네 대문을 열고 들어가면 어른 키를 넘을 만큼 연탄이 담벼락에 기대어 잔뜩 쌓여 있었다. 그 시커먼 연탄 높이가 삶의 수준이었다. 외갓집 연탄을 볼 때마다 뿌듯한 마음이 들어 지나가는 사람들이 보라고 대문을 열어두었다.

연탄만 많았던 게 아니었다. 장독대에는 항아리도 많았고, 부엌도 우리 집보다 세 배는 컸고, 아궁이도 훨씬 더 컸고, 방도 많았다. 장사를 해서 그런 줄 모르고 할머니집이 부자라서 그런 거라고 여겼다. 나는 아직 어렸고, 집안 사정을 속속들이 알 수 있는 나이가 아니었다. 일곱 살이었던가? 아니 분명 여덟 살 정도 되었을 것이다. 일 학년 겨울방학에 접어들면서 강원도 산골짜기에서 벗어났으니까.

남쪽, 경상남도의 작은 시골마을 외갓집에서는 마음껏 뛰어놀 수 있어서 좋았다. 우리 집 단칸방에서는 상상할 수 없는 일이었다. 아파트에서 살기도 했지만 열두 평짜리 아파트는 어린 내게도 그리 넓게 느껴지지 않았다.

지금도 엄마를 생각하면 노란 박스를 줍는 모습이 떠오른다. 엄마는 그 박스를 접어서 이삿짐을 쌌다. 근무지를 옮겨다녀야 하는 아빠의 직업 때문에 우리 가족은 어느 한 곳에 오래 머물지 못했다. 혹 있었을지도 모르겠지만 기억에는 없다. 기억은 잘게 조각나서 성한 곳이 없었는데, 그것이 오히려 때로는 다행이고 때로는 불행이다.

할머니는 고기를 썰어 내 입에 넣어 주었다. 잊을 수 없다, 그 맛을. 달콤하고 부드러운 고깃점이 입속으로 들어와 눈처럼 녹았다. 엄마도 내게 밥상을 차려 먹였지만 할머니집에 가면 엄마가 차려준 밥상 기억이 봄눈처럼 사라지는 묘한 일이 일어났다.

엄마가 차려주는 상은 작아서 짧은 내 팔을 뻗어도 상 끝에 닿았다. 하지만 외할머니가 차려주는 밥상은 내가 보지 못했던 것이었다. 상도 컸지만 반찬 그릇이 내 두 손을 합친 것보다 컸고, 반찬 종류도 많았다. 일하는 아주머니들도 함께 밥을 먹었으므로 당연한 일이었지만 어린 나로서는 이 또한 알 길이 없었다.

할머니는 하얀 쌀밥을 양재기에 듬뿍 담아 상에 올렸고, 다시 밥공기에 가득 쌀밥을 눌러 담아 내게 주셨다.

엄마의 연탄과 쌀은 할머니집의 쌀과 연탄과 같았을까, 달랐을까. 엄마는 어린 나를 키우며 고픈 배를 채우려고 할머니집에 왔을까. 나는 궁금하다.

할머니집에는 연탄이 수백 장 쌓여 있는데, 엄마 집 연탄은 손가락으로 꼽아 셀 수 있었다. 우리 집 쌀통에 담긴 쌀은 금방 바닥을 드러내 긁히는 소리가 요란했지만 할머니네 쌀독은 아주 컸을 뿐 아니라 조금이라도 바닥이 보일라치면 새 쌀가마니가 들어왔다.

엄마와 나는 쓱싹 밥을 금방 다 비웠다. 밥이 달았다. 엄마가 정지로 나가서 물주전자를 들고 들어오면 나는 엄마에게 손을 벌렸다.

"나, 백 원만."

할머니는 정지로 가서 돈이 담긴 그릇에서 이백 원을 꺼내 내 손에 쥐어주었다.

엄마는 그런 나를 바라보며 상 위에 잔뜩 놓인 국그릇과 반찬그릇을 쟁반으로 들고 나가 설거지를 했고, 나는 이리저리 뛰어다니며 놀았다. 엄마는 나를 보면서 소리를 쳤다.

"다쳐! 조심해!"

화가 난 고함소리는 아니었다. 완전히 달라진, 따스함이 묻어 있는 목소리였다.

외할머니집에서 하루를 잤을까. 이틀을 잤을까. 엄마는 다시 짐보따리를 쌌다. 버스를 탔다. 멀미가 나서 검은 비닐봉지에 다 토했다. 나는 버스를 타면 매번 멀미를 해서 먹은 것을 다 게워냈다. 버스는 퀴퀴한 냄새로 가득 찼고, 비닐봉지에 코를 대면 역겨운 냄새가 올라와 요동치는 버스와 콜라보를 이루며 멀미를 더 부채질했다. 그리고 완전히 기진맥진해져서 엄마 품에 기대 쌀과 고기, 연탄이 가득했던 할머니집을 뒤로하고 꿈을 꾸었다.

어제 엄마와 함께 병원을 갔다. 한 달에 한 번 가는 신경정신과다. 병원으로 가는 그 시간, 엄마와 이런 저런 얘기를 나누면서 천천히 차를 몰았다.

"엄마, 아빠랑 결혼하고 사는 게 힘들었어?"

"말도 마라. 처음에는 월급 3만 원 남짓 받아와서 월세 주고 나면…. 휴, 사는 게 징그러워서 욕도 하고, 울기도 하고…. 겨울이면 추워도, 추워도 그렇게 추울까."

나는 엄마의 표현대로 징그럽게 추운 겨울을 돌고 돌아 여덟 살이 되었다. 엄마 배 속에는 동생이 생겼다. 배가 커졌다.

여덟 살이 되어 첫 운동회가 열렸다. 운동장에 노래가 울려퍼졌다.

"파란 나라를 보았니? 꿈과 사랑이 가득한."

여군 이모와 손을 잡고 운동장을 돌았다. 엄마는 저 멀리서 나를 바라보고 있다.

다시 겨울이 와서 방학을 했다. 엄마는 다른 때와 달리 커다란 가방을 싸서 내 손을 잡고 버스를 탔다. 쌀과 고기가 많고, 연탄이 벽 끝까지 쌓여 있는 외할머니집에 도착했다.

잠이 들었다. 아침이 되었다.

"엄마!"

엄마를 불렀지만 기척이 없다. 그렇다.

엄마는 이제 없다.

엄마는 군인의 아내였다

엄마는 성격이 딱 부러졌다. 못질이든 뭐든 못하는 게 없었다. 무언가 고장이 나면 능숙하게 고치기도 했다.

단칸방 신세를 면하고 초등학교에 입학하기 전 방 세 칸짜리 군인아파트로 이사했다. 그동안 엄마는 박스를 싸고 푸는 일을 해마다 반복했는데, 아마도 그런 일을 열댓 번은 했을 것이다. 내가 학교를 들어간 뒤로도 열 번 정도는 이사를 했으니 어림잡아 계산하면 그 정도는 되지 않을까?

엄마가 박스를 주으러 다니면 그건 곧 이사를 갈 거라는 전조였다. 우리 집에서 붉은 노끈은 필수품이었고, 이삿짐을 싸는 건 오로지 엄마 몫이었다. 그건 아마도 군인의 아내가 부여받은 임무였는지도 모른다.

단칸방과 좁은 군인아파트를 오락가락하며 몇 년이 흘렀을 것이다. 이제 전라도를 돌아 다시 강원도로 올라왔다. 단칸방에서 1년 남짓을 채우고 난 뒤에 5층짜리 아파트로 들어왔다. 5층이라서 올라가는 계단이 힘들었지만 방 한 칸짜리 집에서 살 때를 생각하면 계단을 올라가는 것도 오히려 재밌었다.

양구 죽곡리. 유일하게 내가 기억하는 마을 이름이다. 이럴 때 기억은 무섭다. 기억은 죽어 있지 않다. 언제든 살아나서 제멋대로 튀어나올 수 있는 존재라는 걸 새삼 또 느낀다. 삼십 년을 지나오는 동안 전혀 떠올려본 적도 없던 죽곡리라는 동네 이름이 왜 지금 이 순간 떠올랐는지 알 수가 없다. 깨진 도자기처럼 조각조각 흩어져 있던 기억들을 짜 맞추고 있노라니 이상한 능력이라도 발휘되는 것일까. 이래서 좋은 기억과 추억으로 삶을 채워야 하는 것이 아닌가 싶다. 기억은 삶의 박물관이고, 곧 인생 자체이기 때문이다. 또한 그 기억들이 삶을 살아가는 힘을 가져오는 원천이기도 하다.

엄마는 5층을 오르락내리락 짐을 옮겼다. 나도 거들었다. 단칸방에 들어 있던 짐들은 작지만 세 개나 되는 방으로 흩어졌다.

나는 이 방 저 방을 들락날락 하며 탄성을 질렀다.

"와, 디게 좋다!"

그날 밤 처음으로 내 방이 생겨서 혼자 잠을 자게 되었다. 엄마가 내 이마를 쓸어 머리카락을 뒤로 빗어 넘기며 말했다.

"잘 자!"

눈을 뜨니 아직 캄캄했다. 여전히 한밤중이었다.

울음이 터졌다.

거대한 검은 유령이 춤을 추고 있었다. 벽에 걸린 아빠의 군복이었다.

캄캄한 새벽녘에 잠에서 깨어났던 그날부터 나는 다시 엄마 옆에서 잠을 잤다. 혼자서 자는 로망은 오래 이어지지 못했다.

방이 세 개였어도 방에서 주방으로 이어지는 공간에는 여유가 없었다. 엄마 혼자 겨우 지나갈 수 있는 정도였고, 아파트는 닭장과도 같았다.

동네 모든 사람들이 이런 군인아파트에 살고 있는 건 아니었다. 단층짜리 주택 몇 채도 줄지어 서 있었다. 아파트단지 입구에 나란히 자리 잡은 관사들 지붕은 곡선을 그리고 있었고, 빨간 벽돌집이었다. 풍기는 분위기부터 우리 아파트와는 완전히 달랐다. 아빠보다 계급이 훨씬 높은 지휘관들이 사는 집이었다.

이삿짐을 정리하고 며칠 후 엄마는 그중 한 집 대문을 두드렸고, 집에서 나온 우아하게 차려 입은 아줌마에게 허리를 굽혀 인사했다.

"사모님, 저희 왔어요!"

아줌마는 엄마 손을 잡고 집 안으로 이끌었다. 책상이며, 멋진 장식품, 피아노도 있었다. 5층짜리 아파트가 제일 좋은 집인 줄 알았던 나는 큰 눈을 굴리며 얌전했다. 따뜻한 온기로 가득 채워진 그 집은 우리 집과 퍽 달라서 구경을 하느라 마음이 바빴다.

"아이고! 이제 이사 들어왔구나. 딸이야? 이름이 뭐니? 몇 살이야?"

"사모님, 이제 학교에 들어갑니다."

나는 엄마 옆에 선 채로 깜박깜박 눈으로만 답했다. 아줌마의 목소리에는 기품이 있었고, 옷차림새 또한 엄마와 많이 달랐다. 층층이 쌓여 있던 신기한 나무 막대기에 대해서는 한참 뒤에야 그 용도를 알게 되었다. 그저 나무 막대기로만 보였던 그건 바로 집주인의 계급을 의미하는 지휘봉이었다.

"내일 아침에 우리 인이에게 버스 자리를 잡아놓으라 하면 되겠네."

아이들은 매일 아침마다 부대에서 나오는 버스를 타고 학교를 갔다. 우리 동네와 같은 군인마을이 세 군데 있었는데, 내가 사는 아파트가 첫 출발지였다. 아침에 줄을 선 순서대로 자리에 앉아 갈 수 있었는데, 바로 마을 입구에 있는 아줌마 집 앞에서 버스가 섰다. 버스는 7시 40분에 도착했다. 그렇다고 해서 38분쯤 간다면 서서 가야 할 판이었다. 그래서 아이들은 실내화 주머니로 줄을 세웠다.

여덟 살인 내가 그 시간에 학교에 가기 위해 버스를 타는 것도 힘든 일이었는데, 서서 다니는 건 더 피곤한 일이었을 것이다. 어쨌든 4학년이었던 인이 언니는 실내화 주머니와 다른 가방 하나를 더 가지고 나가 매일 1등으로 줄을 세웠고, 언니 덕분에 좌석에 앉아 학교에 갈 수 있었다.

내게는 예쁜 옷도 많았다. 엄마가 때때로 사서 입히기도 했지만 인이 언니가 입다가 작아진 옷을 아줌마가 몽땅 내게 물려주었기 때문이다. 아마도 다른 아이들이 보기엔 부잣집 딸처럼 보였을 것이다.

아빠와 엄마는 종종 인이 언니네 집에 들렀다. 아빠는 아저씨와 얘기를 나누고 엄마는 주방에서 일을 도왔다. 아빠는 중위였고, 아저씨는 아마도 소령 또는 중령 정도 되었지 싶다.

엄마는 왜 아빠를 선택했을까? 군인의 아내로 살아간다는 게 어떤 걸 의미하는지 몰랐다고 했다. 엄마와 아빠는 선후배 혹은 친구들로 서로 얽혀 있었고, 아빠도 그중 하나였다고 한다. 점잖고 과묵했던 아빠가 마음에 들었던 것 같다. 국밥집 딸이었던 엄마 집엔 목소리 큰 사람들이 많았으니 그 반작용이었을까?

가난에서 벗어나기 위해 군인을 직업으로 선택했다는 아빠의 말은 진실이었다. 아빠 집은 지독하게 가난했다고 한다. 엄마와 아빠가 결혼생활을 시작했을 때는 정말 아무것도 없어서 그릇 몇 개, 수저 두 개, 이불 하나가 전부였다고 하니 그 부모도, 그 자식도 마음은 쓸쓸했을 것이다.

반면에 엄마는 국밥집에서 탈출하고 싶어 결혼을 도피처로 선택했던 건지도 모른다. 외할머니는 딸을 공부시킬 의지가 별로 없었다. 엄마는 국밥집에 남아 일을 도와야 했다. 그러다가 그 국밥집에서 벗어나기 위해 홀로 서울 종로로 올라가 교환 학원이란 곳을 다녀보기도 했다는데, 결국 몇 년 가지 못해 고향 집으로 돌아갔으니 그 삶 또한 녹록치는 않았나 보다.

아빠와 결혼하면서 엄마는 늘 시끄럽고 지긋지긋한 국밥집에서 벗어나 행복하게 살 수 있으리라는 초록빛 꿈을 꾸었을 것이다. 엄마가 그런 꿈을 이루게 되기까지는 족히 25년이란 세월이 필요했다. 안정되고 평화롭게 흘러가는 삶은 참으로 지난했다.

90년대 후반이 되어서야 엄마는 난생처음 포장이사라는 걸 하게 되었다. 박스를 주워다가 싸고 풀었던 엄마의 이사는 그제야 비로소 막을 내리게 되었다. 남의 손에 맡겨 이사를 하는 날, 엄마가 "살다 보니 이런 일이 다 있구나."라고 했던 말이 귓가에 맴돈다.

엄마는 내가 무엇이든 말만 하면 그 자리에서 뚝딱 만들어내는 재주를 부리곤 했다.

"엄마, 쥐불놀이가 뭐야?"

아빠가 훈련 중이라서 집을 비우고 없었던 어느 날, 저녁밥을 먹으면서 엄마가 보름달이 떴으니 소원을 빌러 나가자고 한다. 쥐불놀이도 하자면서. 처음 들어보는 그 말에 대해 물어보지 않을 도리가 없다.

엄마는 어디선가 빈 깡통을 가져다가 옆구리에 송곳으로 구멍을 뚫었다. 그리곤 가느다란 철사로 줄을 만들고, 헝겊을 구겨 넣고는 석유를 조금 부었다.

"나가자."

엄마 손을 잡고 들판에 나갔다. 엄마는 달빛 아래에서 두 손을 모았다. 나도 손을 모았다. 눈을 감고 엄마의 소원을 따라서 나도 빌었다. 달빛이 가득 흐르는 들판이 아득하게 멀어졌다.

'하느님, 달님! 아빠 진급되게 도와주세요.'

엄마는 성냥을 켜서 깡통에 불을 붙였다. 하얀 헝겊이 불에 타기 시작했다. 엄마가 철사줄을 쥐어주고는 내 손을 잡은 채로, 윙-윙- 깡통을 돌렸다. 붉은 불꽃이 동그란 원을 그렸다. 진기한 모습에 신이 나서 까르르 웃었다.

그해 아빠는 진급이 되었다. 엄마의 배도 점점 불러왔다. 강원도 양구 죽곡리를 또다시 떠나야 할 것이다. 파주, 광주, 진해, 익산, 창원 등 전국을 돌았다. 엄마는 아빠 상관들 집을 찾아가 집안일도 했고, 훈련을 나가는 병사들을 위해 단팥죽도 끓였다. 혼자서 이삿짐을 싸고 나르고 푸는 엄마를 보면서 아빠보다 엄마가 더 힘이 셀 거라고 생각했다.

국밥집에서 벗어나 군인의 아내로 시작한 삶, 아무도 인정해주지 않았던 엄마의 새로운 삶은 30년 동안 스무 번이 넘는 이사로 채워져 있다. 변변한 가구 하나 없이 살았던 그 삶에서 엄마와 함께 옮겨 다녔던 장롱은 여기저기 긁힌 상처로 신산했던 세월을 고스란히 드러내 보였다.

엄마가 떠나간 자리

눈을 뜨니 엄마가 없다. 엄마는 나를 두고 가버렸다. 할머니 할아버지도 있고, 일하는 이모와 사촌 언니도 있었지만 엄마는 어디에도 보이지 않는다.

엄마는 왜 나를 홀로 할머니집에 남겨두고 갔던 걸까? 어른이 되어서도 알 수 없었다. 엄마 아빠 없이 3년 남짓을 할머니집에서 자랐다. 그때 엄마와 아빠를 몇 번이나 봤는지 기억하지 못한다. 심지어 동생이 태어난 뒤에 엄마가 왔는지 아니면 그 전에 왔던 건지도 제대로 기억하지 못한다. 그 시간은 편집되었다. 단지 잠에서 깨었을 때 엄마가 아무 말도 없이 나를 두고 사라졌다는 사실만 대못처럼 깊이 박혔을 뿐. 삶의 어느 한 조각만이 심장 한가운데 깊이 박혀 화석처럼 새겨놓는 것 또한 인간의 능력인가.

오래된 영화처럼 흐릿하게 기억의 한 조각으로 남아 있는 여덟 살의 나는 수줍음이 많았다. 그래도 선생님 관심을 받고 싶어서

발표도 곧잘 하는 활달한 아이였다.

아침마다 반 강제로 정해진 시간에 버스를 타야 했기에 다른 일 학년 아이들보다 빨리 학교에 도착했다. 수업 시작까지 늘 30분 이상이 남아 서성거리는 나를 눈여겨보았는지 체육선생님이 부르더니 외발로 서기와 같은 신체 능력을 테스트한 뒤 운동장을 한 바퀴 뛰어보라고 시켰다. 그리곤 검정 스케이트를 가져다 내 발에 신겼다. 1986년, 처음으로 스케이트를 신고 얼음판을 돌았다. 넘어지지도 않았고, 아침마다 허리를 구부린 채 달리기도 했다. 재미있었다.

학교는 12시가 채 되지 않아 끝났다. 엄마는 매일 아침 300원 혹은 500원을 손에 쥐어줬는데, 버스를 타려면 고학년생들이 끝나기 전까지 한 시간 넘게 기다려야 했다. 그동안에 버스를 운전하는 군인 삼촌과 놀면서 50원짜리 쮸쮸바, 200원짜리 햄버거를 사먹고 나면 출발시간이 된다.

아침 일찍 부대 버스를 타는 건 힘들었지만 학교에 가는 건 재미있었다. 그때 나는 어떤 꿈을 꾸었을까? 계속 스케이트를 탔다면 선수가 되었을지도.

강원도 양구에서의 기억은 여기까지다. 내게는 어쩌면 재미있었을지도 모를, 그러나 엄마에게는 팍팍하기 그지없었을 양구에서 살아 움직이는 기억은 여기에서 그친다.

엄마에게서 걸려오는 전화는 드물었다. 전화벨이 울릴 때마다 달려가 전화를 받았지만 대부분 수화기에서 흘러나오는 말들은 식당에 걸려오는 흔한 질문들이었다. 엄마의 전화는 가뭄에 내리는 비처럼 드물었다. 그때마다 나는 물었다.

"엄마? 엄마 언제 와?"

"우리 딸, 잘 있었어? 엄마 금방 갈게."

수화기 너머에서 엄마의 목소리는 흔들렸다. 나는 무음으로 눈물만 흘렸다. 전화기 너머에서 엄마 목소리가 사라지면 건넛집 작은 방으로 뛰어가 울었다. 그리고 발갛게 상기된 얼굴을 들키기 싫어서 뒷문으로 나가 국밥집 옆 가게에서 200원짜리 우유 하나를 사서 들어왔다.

소풍날이다. 할머니는 김밥을 싸 주신다. 소풍 장소는 동네에서 가장 큰 솔숲이다. 점심시간이 되면 반 친구들 엄마가 도시락을 싸와서 여기저기 돗자리를 깔고 함께 점심을 먹었다. 나는 먼발치에서 그런 모습을 바라보다가 큰 나무 뒤에 숨었다. 소풍날 가족들이 모여 점심을 먹을 때도, 운동회날 달리기를 해도 나를 봐주는 이는 없었다. 할머니네 국밥집 환경이란 그런 것이었다. 밥은 함께 먹었지만 시간을 함께 할 수는 없었다. 2학년 혹은 3학년 소풍 때 찍은 사진인지는 잘 모르겠지만 사진 속에서 나는 퀭한 눈으로 허공을 바라보고 있었다.

설과 추석이 적어도 네 번은 지나는 동안 엄마 아빠는 오지 않았다. 삼촌들, 숙모들, 오랜만에 사촌들도 만났지만 엄마 아빠는 없었다. 가족들이 왁자지껄한 분위기에서 즐거워하는 동안 홀로 쓸쓸했다.

부산에서 꽤 큰 사업을 하며 돈을 많이 번다는 큰 삼촌이 호탕한 목소리로 말했다.

"호야는 컴퓨터도 배우고, 저축상도 받았지."

나와 동갑인 사촌 동생(내가 생일이 빨라서 누나라고 불렀다.)이 컴퓨터를 배우고, 종합학원에 다닌다는 말에 기가 죽었다. 그게 뭔지 몰라서 기가 죽기도 했지만 돈 때문에 엄마가 나를 두고 갔다는 걸 조금씩 인정하고 있던 터여서 내 마음은 얼어붙었다. 사람들 사이에서 마음에 가시가 돋고 몸이 뻣뻣하게 굳어지는 느낌, 왁자지껄함 속에서 나는 외로웠다.

그 어린 나이에 제일 먼저 배운 건 외로움이었다. 외로움은 짧은 내 인생 전반을 지배하는 감정이었다. 열한 살을 넘기면서 만난 둘째 동생과 함께 살 때도, 열다섯 살 때 태어난 막내를 만났을 때도 나를 지배하는 감정은 외로움이었다.

어른이 되어서도 그것은 별로 달라지지 않았다. 아이를 낳았을 때도 외로웠고, 홀로 키우기로 결정하는 동안에도 외로웠고, 마음이 걸레가 되어 법원을 드나드는 동안에도 나를 지배한 건 외로움이라는 익숙한 감정이었다. 어쩌면 인간이 살아가는 자체가 절반은 외로움이 아닐까 싶었다. 적어도 내게는 그랬다. 그리고 외로움을 견뎌내면서 이제는 홀로 보내는 삶을 즐길 수 있는 여유를 갖게 되었다.

가슴에 묻었다. 인생 백 년이라고 하지 않나. 그깟 몇 년 쯤이야 엄마 아빠와 떨어져 살았다고 인생이 망가지는 것은 아니었으니까.

세월은 쌓여서 기억을 묻었다. 꾹꾹 묻었지만 대학생이 되어 할머니집에 갔을 때에도 내 어린 시절의 기억이 주마등처럼 펼쳐지는 것은 막을 수 없었다. 나도 모르게 깊은 상처였을 것이다. 상처가 훤히 드러나는 게 두려웠을 것이고, 깊은 곳에 숨기기 위해 애를 썼을 것이다.

엄마가 되어 내 아이를 키우면서 알았다. 세월은 흘러도 가슴 한가운데 박힌 세월은 흩어지지 않는다는 것을. 소리를 내서 동네방네 떠들어대지만 않으면 누구도 알 수 없는 것이라고, 혼자 감당하면 그뿐이라고 생각했었다. 세상을 살아가는 사람들 중에서 자신의 삶이 버겁지 않다고 생각하는 사람이 누가 있을까. 그러니 누구를 탓할까.

가족이 완전체가 된 건 6학년 때였고, 대학생이 되면서부터 집에서 나와 독립했다. 그리고 스물여덟이 되어 아들과 함께 엄마 곁으로 되돌아왔다. 갈 곳이 없었다. 아이는 키워야 했고, 어떻게 엄마가 되어야 하는지 몰랐고, 아이 말고는 내 옆에 아무도 없다는 사실이 나를 두렵게 했다. 외로움과 두려움을 물리칠 무기가 없었다.

엄마는 나와 함께 자식 둘을 더 낳아서 키웠으니 나보다 나은 존재였다. 자식의 가슴에 뚫린 구멍을 메워주는 사람, 빈자리를 그림자로 덮어주는 사람이었다.

대학병원에서 혼자 아이를 낳는 동안 어금니를 꽉 물었다. 너무 아파서 이를 악물었다. 온힘을 다해 이를 악물어서 턱과 귀까지 통증이 퍼졌다. 이를 악물며 홀로 서는 삶을 선택하던 지난한 삶의 시간 동안 엄마는 방패가 되어주었다. 또한 뾰족한 가시가 되어 찌르기도 했다.

방패가 아닌 창으로 다가오는 엄마를 이젠 이해할 수 있다. 생때같은 자식을 잃고 다른 자식 하나가 몸과 마음으로 만신창이가 되어 돌아온 모습을 보았을 때의 엄마 마음을 이제야 겨우 알 것 같다.

상처투성이가 되어 엄마 옆으로 돌아왔을 때 집안은 이미 전쟁이 휩쓸고 간 폐허였다. 멀쩡한 사람은 아무도 없었다. 서로 돌보고 바라봐 줘야 할 존재들 사이에서 서로를 겨냥하는 칼날, 그걸 막아내는 건 어려운 일이어서 나는 선택했다. 홀로, 외로움 속에 머물겠다고. 그리고 스스로를 위로하면서 감정을 다독였고 이젠 괜찮아질 거라고 믿었다.

서로에게 상처였다

"지겨워, 다 지겨워. 사는 거 정말 지긋지긋하다."

"왜 내가 이렇게 살아야 해. 평생 내 삶은 왜 이래야 해!"

"다 죽어버려. 다 보기 싫어!"

"보기 싫다고 먼저 가버린 년, 야속한 년."

"꼴좋다. 나이 많은 남자 만나서 결혼한다고 하더니 겨우 이 꼬라지로 와? 에미 속을 헤집어도 분수가 있지. 골병을 들여도 이렇게 골병을 들여!"

지난 십여 년 동안 엄마 입에서 나왔던 소리의 절반은 내 가슴을 후벼팠고 휘청거리게 만들었다. 출근하는 내 뒤통수에 대고 꼭 이렇게까지 퍼부어야 속이 시원한가 싶었다. 엄마의 마음 밑바닥에 고여 있던 울분이 터져 나오면 현기증이 났다. 눈물이 그렁그렁한 눈으로 대충 신에 발을 꿰고 아무런 대꾸도 하지 않은 채로 문을 쾅 닫고 나갔다. 어떤 말이 들려와도 나는 다 듣고 담으려고 했다. 어떤 말을 들어도 감당해야 했다. 마음이 쓰리고 아팠지만 일 년 365일을 올곧게 견디고 싶었다. 세상살이가 마음먹은 대로 되지 않았다. 비록 잘 살아내는 모습을 보여주는 건 실패하였지만 모든 게 다 실패라고 생각하지는 않았다. 물론 내 생각이었다.

엄마는 결혼으로 국밥집 딸로 살아왔던 고단한 삶에서 탈출했다. 그리고 20년 넘는 세월을 방방곡곡 떠돌며 보냈다. 이제 자식이 다 커서 어른이 되어갈 즈음이 되어서야 엄마는 좀 살 만해졌고, 언젠가는 찾아오리라는 막연한 희망으로 견뎌왔던 삶 속에서 막 비쳐들기 시작한 희망의 빛을 맞이할 준비를 하고 있었다.

하지만 반짝 비쳐들기 시작한 햇살을 가리며 먹구름이 몰려왔다. 소나기라면 잠시 피할 수도, 흠뻑 젖더라도 말린 다음 다시 길을 갈 수 있는 여유를 챙길 수 있었을 것이다. 오래도록 희망한 가닥만을 붙들고 힘겨운 세월을 싸워온 우리 가족이라면 분명 씩씩하게 딛고 일어설 수 있었을 것이다.

그러나 소나기가 아니었다. 천둥이 울고 번개가 대지를 쪼개는 폭풍이었다. 예고 없이 닥친 재난은 우리를 폐허로 만들었다. 남은 것은 세상을 떠난 둘째가 남겨놓은 슬픔과 이혼녀로 돌아온 큰 딸과 그 아들이었다. 가슴이 부서져 피가 홍건했지만 통증을 느낄 감각조차 상실했다.

전부 감당하고 싶었다. 모든 게 내가 선택한 것들에 대한 대가였다. 나는 몇 년 동안 법원을 드나들어야 했고, 그런 과정에서 온몸이 조각조각 찢겨 흩어지는 것 같았다. 더 이상 견디기 어려운 통증이 밀려올 때마다 진통제를 두 알, 세 알씩 털어 넣었다. 안정제와 수면제를 먹으면 조금 견딜 만해져서 엄마 곁으로 돌아올 때는 아무 일도 없었던 사람처럼 보일 수 있었다. 내가 할 수 있는 최선이었다.

하지만 그런 내 모습이 엄마의 가슴을 더 아프게 했다. 이를 악물고 버티는 걸로 보였을 것이다. 절망, 설움, 원통함, 한과 같은 단어들에 지친 엄마는 욕설을 입에 달고 살았다. 그래도 손자 녀석 입에는 뭐 하나라도 넣어주려고 애를 썼다. 당신 입은 잊은 채로 손자만은 끔찍하게 챙겼다. 욕만 한 바가지 먹은 채로 그냥 나갔다 들어온 내게도 말없이 국을 뜨고 밥을 퍼서 챙겨주었다. 그리곤 울먹였다.

“이년아, 앞으로 어떻게 살래. 어떻게 혼자 애를 데리고 살 거야. 니 눈만 봐도 에미 가슴에서 천불이 난다.”

눈물을 참으며 엄마가 떠 주는 미역국을 우걱우걱 입에 떠 넣었다. 내가 제일 좋아하는 미역국이다. 미역국 한 사발을 먹고 나면 구멍이 난 마음도 다시 차올랐다. 또 몇 달은 버틸 수 있을 것이다.

한차례 세차게 욕을 퍼부은 엄마는 앓아누웠다. 며칠씩 시체처럼 기운 없이 늘어졌다. 그런 엄마의 사이클에 긴장했다. 언제 비수가 꽂히는 치명적인 일이 벌어질지 알 수 없어서 엄마 몸과 마음을 살피느라 안테나가 곤두섰다. 온몸의 세포들이 긴장하고 경직되어 가끔 팔 다리가 제대로 움직이지 않는 느낌도 들었다.

엄마는 내 아들을 애지중지했다. 자식을 가슴에 묻고 손자를 키우며 헛헛한 마음을 달래는 것 같았다. 손자를 돌보며 잠시 상처를 잊고 하루를 보냈으되 밤이 되면 엄마의 눈에서 눈물이 터졌다. 하늘로 가버린 자식 생각에 애통한 마음에 울고, 홀로 아들을 데리고 돌아온 딸 생각에 또 원통해서 울었다.

아들이 태어난 건 가을이었다. 두어 달이 지나 겨울로 접어들고 낙엽이 지기 시작하면 동생 생일이었다. 추위가 시작되고 몸이 저절로 움츠러들기 시작하는 그때, 옷깃을 잔뜩 여미게 되는 그 무렵이 되면 엄마의 상처도 다시 벌어졌다.

밤이 깊어지면 엄마는 잔뜩 긴장한 얼굴로 시계만 바라보았다. 내 아들을 업고 거실을 빙글빙글 돌면서도 창으로부터 눈을 돌리지 못했다. 행여나 딸이 돌아오지 않을까 싶어서 속을 태우며 현관문에 붙여 놓은 종소리에 귀를 기울였다.

다른 평범한 부부들처럼 맞벌이를 하고 있는 딸을 기다리며 손자를 돌보고 있는 거였다면 그래도 엄마는 덜 아팠을까? 하지만 당신의 딸은 달랐다. 몇 년 동안이나 법원을 들락거리고 있었고, 일에 지쳐서 밤이 늦어서야 들어왔다. 그런 내가 엄마에겐 또 다른 상처였다.

엄마는 감정 기복이 심했다. 컨디션이 괜찮은 날에는 유모차를 밀면서 내가 일하는 공부방에도 한 번씩 들렀고, 봄과 여름엔 그래도 움직이려고 애를 썼다. 계절이 엄마를 살게 하고, 계절이 엄마를 죽음으로 이끄는 것처럼 보이기도 했다. 찬바람이 불기 시작하면 말수가 줄었다. 불러도 대답이 없었다. 다행인 건 할머니를 부르는 손자에게는 반응을 보였다는 것이다.

한숨이 겹겹으로 쌓였다. 금방 끝날 걸로 생각했던 소송이 기약도 없이 길어졌고, 지켜보는 이의 괴로움도 만만치 않았다. 둘째에게 일어난 교통사고와 내 소송이 함께 겹쳐 일어나서 환장할 노릇이었다. 엎친 데 덮친 것처럼 외할머니의 병환이 깊어져 다시 입원했다는 소식도 들려왔고, 이제 중학생이 된 남동생은 가끔 학원을 빼먹거나 늦도록 쏘다니다가 들어와 엄마 가슴을 무너뜨렸다. 왜 학원에 빠졌는지, 왜 늦었는지 묻지도 못하고 엄마는 한탄만 푸짐했다. 아빠도 길었던 군인 생활을 접은 뒤로 구직자가 되어 냉정한 세상과 싸우느라 홀로 지쳐가고 있었다. 서로를 위로하고 돌봐도 모자랄 판에 모두가 매서운 칼날만 세운 채 아슬아슬한 생활을 이어가고 있었다.

위로하는 방법을 몰랐다. 위로받을 줄도 몰랐다. 어떻게 서로에게 기대고, 어떻게 서로를 품어야 하는지 아무도 몰랐다. 외부로부터 시작된 재난으로 무너진 가족들의 마음은 혼란 속에 휩쓸렸다.

그래도 나는 괜찮았다. 이만하면 괜찮다고 날마다 나를 다독였다. 절벽 끝에 서 있을지라도 떨어지지만 않으면 된다고 나를 붙잡았다. 마음이 억겁으로 무거워진 날에는 밖에서 실컷 울고 들어왔다.

공교롭게도 실컷 울고 들어온 날, 밤 12시. 엄마 방문을 열어보니 눈물에 젖은 휴지조각이 엄마 베개 옆에 산처럼 쌓여 있었다. 내 아이와 잠이 든 엄마를 보고 가슴을 후려쳤다. 그리고 다시 아침이 되면 하루살이에 집중하면서 괜찮다고 나를 또 다독였다.

때로는 강철처럼, 때로는 간이 오그라드는 불안과 떨림 속에서 몇 년 동안 끌었던 소송이 끝났다. 안도의 한숨을 내쉬려고 할 때 그동안 눌러두었던 마음이 곪아 터져버렸다.

"나도 지긋지긋해. 내가 이렇게 살고 싶어서 여길 왔어? 꼭 그렇게 욕을 해야 해? 그 욕을 안 해도 내 가슴은 이미 가시방석이야. 엄마만 상처 있어? 막내는 누나를 안 잃었어? 나는 내 동생을 안 잃었어? 이 세상에 엄마만 자식을 먼저 보냈어? 이혼이 죄가 아니라며? 죄가 아니라고 남한테는 좋은 말 하면서 왜 나는 죄인 취급이야? 내가 그렇게 죽을죄를 지었어? 이제 연락 안 해. 두 번 다시 이 집에 안 와!"

결국 감정이 화산처럼 끓어오르고 터졌다. 이혼서류에 도장을 찍기도 전에 나는 집을 나왔다. 더 이상 엄마의 보살핌을 받다가는 고마움도 사라질 판이었다.

기억이 또 다시 편집되는 순간이다.

내 자식을 품으며 자신의 삶은 버틴 엄마의 노고를 뒤로 하고 그 기억들을 내 마음대로 지워버렸다. 슬픔, 애증, 서글픔, 비참함 등 살아가는 데 하나도 도움이 되지 않는 감정들은 도가니가 되어 가지 말아야 할 길로 나를 이끌었다. 나도 모르게 쌓아올린 감정의 탑이 한순간 무너져버렸다.

서로를 향해 비수를 꽂았다. 가슴은 과녁이 되었다. 상처 받은 서로에게 이도 저도 아닌 돌멩이가 되어 기억을 지우고 또 지우며 애정과 사랑이 넘나들었던 기억들을 다 찢어버렸다. 모든 것들이 한순간에 모래처럼 부서질 수 있다. 너무 아프면.

2장

엄마의 엄마

기억은 기억을 만들어내고,

또 다른 기억을 사라지게 한다.

기억도 습작이고 사는 것도 학습이다.

그 시간들이 쌓여서 엄마 같은 엄마가 되기도 하며

그 엄마와 다른 엄마가 되기도 한다.

홀로 남겨진 아이, 여덟 살이었다

"할머니, 엄마는 어디 갔어?"

"아이고, 우리 새끼! 일어났어? 엄마는 집에 갔다가 나중에 온대. 어서 밥 먹자."

"나중에? 나중에 언제?"

지난밤에 안집 큰 방에서 할아버지 할머니와 이야기를 나누던 엄마 모습만 떠오른다. 나는 언제 잠이 들어 엄마가 나를 남겨두고 간 것도 몰랐을까.

아침에 일어나 엄마가 사라졌다는 사실을 인지했을 때 아무런 말도 하지 않았다. 집에 갔다는 말을 듣고 '왜 나를 빼먹고 갔을까?' 생각을 하느라 슬픈지도 몰랐다. 엄마는 기억력이 매우 좋았으니 나를 잊은 것은 아니라고 생각했다. 나중에 온다는 할머니 말만 믿고 밥을 먹었다.

이틀이 지나고, 삼 일이 지나도 눈물이 나지 않았다. 나흘이 지나고 닷새가 지나면서 날짜를 세기 시작했다. 손가락을 벗어나니 셀 수가 없었다.

할아버지가 쓰는 방 한쪽 벽에는 검정색과 빨간색 숫자만 크게 인쇄돼 있는, 석유 냄새 나는 달력이 걸려 있었다. 그 달력에는 정육점, 콩나물과 같은 단어 몇 개가 찍혀 있고, 자세히 들여다보면 '영진구론산' '박카스'와 같은 단어도 보였다.

나는 연필로 숫자 밑에 나만 알아볼 수 있을 정도로 숫자를 쓰기 시작했다. 5는 엄마가 나를 두고 간 지 5일이 지났음을 의미하는 숫자였다. 그 숫자가 점점 커지면서 삼키는 눈물도 많아졌다.

새 달력이 걸렸다. 금방 아홉 살이 되었다. 아홉 살이 되니 나는 더 이상 어린아이가 아닌 것 같았다. 달력의 숫자는 이제 의미가 없었다.

장독대 앞에는 커다란 초록나무가 서 있었다. 겨울이 되자 나무는 아무것도 걸치지 않은 빈 몸이 되어 앙상했다. 눈이 하얗게 쌓인 날 나무가 너무 추워보여서 정지에서 비닐봉지를 가져다 눈을 털어내고 가지를 묶어주었다. 그 나무에 다시 초록색 잎이 돋아났고, 잎이 점점 자라서 가지가 보이지 않을 정도로 무성해졌고, 그러다 또 나뭇잎이 떨어져 앙상한 가지만 남았다.

나무는 나와 몇 년을 함께 지냈다. 숫자는 더 이상 쓰지 않아도 되었다. 나무가 얼마나 변했는지 들여다보면 엄마가 나를 홀로 남겨두고 간 이후로 얼마나 되었는지도 알 수 있었으니깐.

지금도 툭하면 나는 눈물이 많다. 조금 전에도 어떤 아빠가 돈이 없어 슈퍼마켓에서 어린 아들에게 먹일 우유를 훔치다 붙잡혔다는 기사를 보고는 10분 넘게 울었다.

'언제부터 이렇게 눈물이 많아졌을까?'

꿋꿋하게 혼자서 밥을 먹고, 낯선 길로 들어서게 되어도 겁을 먹지 않고 혼자서 길을 찾아 집으로 길을 찾아간다는 게 얼마나 대단한 일인지도 몰랐다. 외롭고 겁이 났지만 눈물을 삼켰다.

엄마는 칼날을 품은 듯한 바람이 불던 겨울 어느 날 잠이 든 나를 떼어두고 혼자 가버렸다. 궁금했다. 엄마가 왜 내게 말도 없이 그렇게 사라졌는지 말이다.

외갓집에 툭! 떨어트려 놓고 간 그날부터 나는 엄마 없이 할머니 사랑만으로 자랐다.

새학기가 되어 낯선 아이들 앞에서 인사말을 했다.

"저는 강원도 양구에서 온…."

엄마가 나를 버려두고 갔다는 사실은 웅변대회까지 나갔던 내 목소리조차 움츠러들게 했다. 처음 보는 아이들 수십 명의 눈이 나를 향해 모여들어서 저절로 말끝이 삼켜졌다. 전학도 처음이었고, 갑작스레 엄마 없는 아이가 된 현실도 처음이었다.

그래도 할아버지, 할머니 앞에서는 씩씩한 척했다. 엄마가 보고 싶다는 말을 단 한 번도 하지 않았다. 쓸데없이 울면 바보가 된다는 엄마의 말을 기억하고 공책에 썼다.

"울면 바보."

아침마다 란이 이모가 나를 깨웠고, 고등학생인 사촌 언니(큰이모도 딸을 할머니집에 맡겼다.)가 계란프라이를 해서 김과 밥을 챙겨 내 등교를 도왔다. 엄마가 없어도 머리를 묶고 옷을 입는 것은 빈틈이 없었다. 가방을 메고 식당 대문을 나서 20분 정도 걸리는 학교 가는 길이 아주 길게 느껴졌다.

할아버지는 가끔 손녀딸을 학교에 데려다주기 위해 흰 양복, 하얀 구두, 진한 갈색 지팡이를 들었다. 할아버지 손을 잡고 길을 걸어가면 동네 사람들이 허리를 숙여 인사했다.

'국밥집 사장이라 인사를 했을까? 아니면 젊은 시절 할아버지는 힘이 세서 그랬을까?'

여덟 살인 내가 모든 것을 알아차리기에는 역부족이었다.

국밥집 아침은 엄마와 살던 우리 집과 완전히 달랐다. 할머니는 새벽 4시부터 일어나 고기 육수를 끓였고, 토란대와 콩나물을 다듬었다. 꽈리고추, 멸치볶음, 파김치, 깍두기와 같은 반찬들도 만들었다. 잠결에 정지에서 들려오는 그 소리는 내 곁에 엄마가 없다는 걸 알려 주는 소리였다. 나는 눈을 뜬 채로 이불 속에 누워 엄마를 생각했다.

할머니는 엄마와 홀로 떨어진 내게 많은 신경을 써주셨다. 피아노 학원에도 보냈고, 학교에서 매주 화요일에 하는 저축하는 날이면 5천 원짜리 지폐를 주어 보내셨다. 대부분의 아이들이 천 원이나 2천 원을 냈는데, 내가 내는 지폐는 색깔이 달라서 아이들은 감탄했다. 어떤 때는 만 원짜리가 나올 때도 있었다.

지금 생각하면 그 돈은 소고기국밥 값이거나 갈비탕 값이었다. 소고기국밥, 갈비탕, 소고기 수육을 팔았던 할머니는 내가 체르니 100번을 들어가고 하논을 칠 때까지 단 한 번도 학원비를 거르지 않았다. 양구에서 아줌마 집에 갔을 때 부러운 눈으로 피아노를 구경하던 나를, 그럼에도 학원에 보내주지 못했던 게 엄마는 안타까웠던 것일까. 내 자식을 키우며 엄마의 심정을 헤아려본다.

오후 3시쯤 학교에서 돌아오면 늘 비슷한 풍경이 펼쳐졌다. 나는 평상이나 큰 마루에 앉아 저녁 장사를 준비하는 할머니 옆에 앉아 콩나물 대가리를 따는 등의 일을 돕거나 숙제를 하면서 시간을 보냈다. 엄마는 곁에 없었지만 그래도 낮에는 심심치 않아서 덜 외로웠다. 할머니 옆에서 입을 벌리면 고기도 들어왔다. 엄마는 내가 배곯지 않고 고기를 먹이기 위해 할머니집에 두고 떠나갔을 거였다.

여덟 살 겨울은 그렇게 지나가고 있었다.

엄마 팔자 외할머니 팔자

국밥집 식구들은 손님들이 다 빠져나간 오후 세 시나 되어서야 점심을 먹었는데, 4교시 수업만 있는 날이면 나는 한창 바쁜 점심시간 무렵 식당에 도착했다. 어린 내가 오후 세 시까지 허기를 견디며 기다리도록 하는 게 마음이 짠했까? 할머니는 손님들이 식사를 하고 있는 식당 한켠에 뚝배기에 국밥을 담아 내게 밥을 차려주었다.

장날이 되면 손님이 더 많았다. 방이란 방은 다 손님들 차지여서 마룻바닥에 책가방을 내려놓고는 할아버지 방에서 텔레비전을 보며 손님들이 빠져나갈 때까지 기다리곤 했다.

할머니네 국밥집 일상이 매일 이렇게 평온했던 건 아니었다. 가끔 식당 주변을 어슬렁거리며 시간을 보내는 할아버지가 모습을 보이지 않으면 어느 순간 식당에는 썰렁한 분위기가 감돌기 시작했다. 그런 날이면 유일하게 손님을 받지 않는 할아버지 방 앞에는 굽 높은 구두가 몇 켤레 놓여 있었고, 그럼 나도 할아버지 방문을 열지 않았다. 아무도 문을 열지 말라고 시킨 사람이 없었음에도 빨간색, 파란색, 가끔 은빛 반짝이 구두가 보이면 살금살금 밖으로 나갔다. 동네를 한 바퀴 돌고 올 때도 있었고, 사거리까지 올라가서 문구점에 들러 구경을 하거나 서점에 들러 구경을 하기도 했다. 내가 국밥집 손녀딸이라는 걸 알고 있는 문구점이나 서점 주인 아저씨들은 구경을 하면서 시간을 보내는 나를 간섭하지 않았다. 시장 구경으로 시간을 보내는 날도 있었다. 산과 허허벌판, 군부대, 군인아파트 외에 볼거리라곤 아무것도 없던 양구에 비해 남쪽 외가살이가 꽤 마음에 들기도 하였다.

어느 정도 시간이 흘러 돌아오면 국밥집 밖에는 '다방'이라고 적힌 오토바이가 한 대 서 있었고, 곧이어 짙은 화장에 짧은 치마를 입은 여자들이 나와서 오토바이 뒤에 올라타곤 했다.

정지로 뛰어들어 란이 이모에게 물었다.

"이모, 할머니 화났어? 할아버지가 화났어?"

이모는 대답 대신 "쉿!"하는 소리와 함께 검지를 세워 내 입을 막았다.

어른들의 세계는 알 수가 없었다. 엄마 아빠가 무엇 때문에 서로를 향해 소리를 질러대곤 했던 것인지 몰랐고, 돈이 없어 외상을 달고 살면서도 엄마가 왜 아까운 접시를 집어던졌는지도 몰랐다. 엄마가 나를 할머니집에 두고 간 이유도 몰랐고, 아빠가 왜 봄여름가을겨울이 두 바퀴나 돌도록 나를 보러 오지 않는지도 몰랐고, 할아버지가 다방 여자들과 방에서 무슨 이야기를 나누는지도 몰랐다.

엄마가 나를 외할머니 슬하에 떼어놓고 갔던 것은 동생이 태어나 자식 둘을 돌보며 먹고사는 일이 힘겨웠기 때문일 것이다. 한편으로는 엄마가 자신의 어린 시절 겪었던 일들에 대해 잠시 잊고 있었기 때문인지도 모른다. 그저 친정 엄마가 번듯한 식당을 운영하게 되었으니 이제 좀 여유가 생겼을 거라고 믿었던 것일까. 엄마도 방 한 칸에서 6남매가 살던 시절이 있었고, 장터 길바닥에서 국밥을 팔았다고 했으며, 수도 없이 쟁반에 국밥 몇 그릇을 담아 이고 배달을 다녔다고 했다.

엄마보다 더 마음이 약했던 외할머니는 나를 품에 안은 채로 등을 쓸어주곤 했다. 그런 날은 대개 할머니 가슴에 피멍이 든 날이었다.

"할머니, 왜 그래?"

할머니는 아무런 말이 없었다. 아는 건 하나도 없었지만 눈치는 늘어서 나도 곧 입을 다문 채 할머니 옆을 지켰다.

내가 학교에 가 있는 동안 할머니는 눈코 뜰 새 없이 바쁜 시간을 보냈을 것이다. 콩나물을 다듬으며, 채소나 나물을 다듬으며 할머니는 피폐해진 몸과 마음을 한숨으로 잠재웠을 것이다. 그것이 할머니가 사는 삶의 방식이었다.

할아버지는 무슨 일인가로 심사가 뒤틀리면 이상한 방식으로 화가 났다는 표를 냈다. 어린 내 눈에는 이상하게 보였다. 단식도 그런 표시 중 하나였다. 할아버지가 식사를 하지 않으면 일하는 아줌마가 따로 밥상을 차려 할아버지 방으로 들여보냈다. 하지만 상이 나올 때는 누룽지를 넣어 끓인 숭늉만 조금 줄어있을 뿐 그대로였다.

"할아버지! 배 안 고파? 왜 밥 안 먹어? 화났어? 아파?"

"할아버지 조금 있다 먹을게."

평상시 말투와 다르지 않았다. 어린 손녀에게는 다정했으되 다른 사람들에게는 침묵으로 일관하였다. 다방 여자들을 불렀다. 약국에 전화를 해서 드링크제도 더 많이 배달시켰다.

또다시 저녁 장사가 시작되었어도 할아버지는 방에서 나오지 않았고, 할머니는 말없이 고기를 썰고 뚝배기에 국밥을 담아내느라 몹시 바쁘게 움직였다. 늦은 저녁상이 차려져도 할아버지는 여전히 방에서 나오지 않았다. 할머니, 란이 이모, 사촌 언니, 일하는 아줌마, 그리고 나. 모두들 침묵 속에서 밥을 먹었다. 그리고 밥을 먹고 나면 란이 이모는 내 손을 이끌고 밖으로 나갔다.

"정아, 시장 갔다 오자."

제과점도 들르고 문방구에도 갔다. 때 아닌 밤 마실을 하는 그런 날에는 할아버지와 할머니 사이에서 무시무시한 전쟁이 벌어지곤 했다는 걸 나중에 알게 되었다. 때때로 사촌 언니도 어디론가 사라져 보이지 않았는데, 언니 역시 이모처럼 피난을 갔을 것이다.

얹혀 사는 존재는 이럴 때 표시가 나는 법이다. 내 집이라면 끗

꿋하게 버티고 있었을 것이지만 우리 셋은 숨 쉬기도 어려울 만큼 무거운 공기가 짓누르기 시작하면 서로 살 길을 찾아 은신처를 찾았다. 그럴 때는 아침에 언니가 깨우자마자 곧바로 눈을 떴다. 어른들의 말수가 줄었을 때 내가 할 수 있는 것은 일찍 학교에 가고 늦게 오는 것이었다.

늦은 오후, 학교에서 돌아왔을 때 할머니 목소리가 밖으로 튀어나왔다.

"그래, 죽여. 차라리 나를 죽여! 평생 부려먹지만 말고!"

밖에 자전거를 세워둔 채로 식당 안으로 들어가지 못했다. 우당탕탕! 뒤엎는 소리가 울렸다. 할아버지와 할머니가 어떻게 싸우는지는 보지 않아도 눈에 훤했다. 몸을 돌려 시장통으로 이어진 골목길을 쉬지 않고 달렸다. 솟구쳐 흐른 눈물이 바람에 흩어졌다.

얼마나 뛰었는지 모른다. 뛰다보니 눈물이 말랐다. 뛰다 보니 숨이 차서 강둑에 앉았다. 강물 흐르는 소리가 맑았다. 그리고 흐르는 강물은 나를 위로하고 달래서 할머니집으로 돌려보냈다.

엄마가 울부짖는 소리를 많이 들었다. 고함을 지르는 소리는 더 자주 들었다. 엄마가 꺼억꺼억 숨이 넘어갈 듯 울면 나도 엄마를 따라 무슨 일인지 알지도 못하고 엉엉 울었다. 이유가 있어서 우는 엄마는 이유도 모르고 우는 딸을 끌어안고 더 서러워져서 목 놓아 울었다.

할머니는 소리 없이 울었다. 콩나물을 다듬는 할머니 곁으로 가면 할머니 눈에서 눈물이 흐를 때가 많았다.

"할머니, 왜 울어? 울지 마."

휴지를 가져다가 할머니 눈물을 꾹꾹 눌렀다.

침묵과 함께 흐르는 할머니 눈물이 내 눈에도 눈물이 솟게 하였다. 할머니 눈물을 닦으며 나도 소리 없이 흐르는 눈물을 닦았다.

할아버지가 미웠다. 할아버지는 아무 일도 하지 않았다. 연탄재를 치우거나 손님들에게 인사를 건네는 게 전부였다. 새벽부터 밤까지 몸이 부서지도록 일하는 할머니가 눈물을 흘리는 날이면 할아버지가 조금 더 미워졌다.

내가 할머니 손을 잡으면 할머니는 한숨을 내쉬었다. 엄마가 내쉬는 한숨과 비슷했다.

"할머니, 아프지 마."

엄마 인생이나 할머니 인생이나 거기서 거기였다.

엄마의 고함소리까지 그리워서

열 살이 되어 키가 한 뼘 더 크고 다리가 길어졌다. 할아버지가 내게 자전거를 사주셨다.

일곱 살 때 아빠에게 자전거 타는 걸 배웠다. 아빠는 뒤에서 자전거를 잡아주다가 내리막길에서 슬쩍 손을 놓곤 했다. 처음에는 제대로 달리다가도 아빠가 손을 놓았다는 걸 알게 되면 겁을 먹고 넘어지곤 했었다. 그렇게 넘어지면서 자전거 타는 걸 배웠다.

죽곡리에서 살 때는 학교에서 돌아오면 자전거를 타고 아파트 단지를 두세 바퀴 돌곤 하는 게 일상이었다. 그러던 어느 날 그만 자전거를 잃어버리는 일이 생겼다. 자전거가 없어진 것도 모르고 놀이터에서 놀다가 잃어버린 걸 알고는 깜깜해질 때까지 찾아 헤맸다. 자전거는 어디에도 보이지 않았다. 하염없이 눈물이 쏟아졌다. 아끼던 자전거를 잃어버린 것도 슬펐지만 엄마에게 혼날 일이 더 겁이 나서 펑펑 울었다. 터덜터덜 걸어서 집으로 돌아갔을 때 엄마가 한 옥타브 높은 목소리로 소리를 질렀다.

"왜 이렇게 늦게 들어와!"

세 옥타브까지 엄마의 목소리가 올라갈까 겁나서 잃어버린 자전거 얘기를 꺼낼 수가 없었다. 먹구름 가득한 가슴, 조마조마한 마음으로 겨우 잠이 들었던 그날 밤, 나는 꿈에서도 자전거를 찾아 헤맸다.

며칠 뒤 자전거가 없어졌다는 걸 알게 된 엄마는 생각보다는 낮은 옥타브로 나무랐다.

"그렇게 야무지지 못해서 어쩔 거야. 네 물건도 제대로 못 챙기면 어떡해!"

자전거를 다시 사지 못했다. 나중에, 라는 말은 기약이 없었다. 가끔 동네 언니 자전거를 빌려 한 번씩 탈 수 있었지만 존재에서 부존재로 바뀐 물건의 빈자리는 꽤 컸다. 있을 때는 몰랐는데, 막상 없어지고 나자 자전거를 가지고 있는 친구가 제일 부러웠다.

할아버지가 사준 자전거를 타고 다니는 동안 핸들에서 한 손을 뗄 수 있을 정도로 익숙해졌다. 4학년이 되어서는 두 손을 놓고도 탈 수 있게 되었다. 어떻게 그렇게 할 수 있었는지 알 수 없다. 두 손을 놓고 페달을 밟으며 달리면 아무 생각도 나지 않았다. 그저 앞만 바라보고 페달을 밟아 바람을 갈랐고, 엄마 아빠에 대한 그리움도 할머니의 눈물도 다 비워져서 멈추고 싶지 않았다. 할아버지가 사 준 자전거가 다시 내 보물 1호가 되었다.

아침이면 가방을 둘러 메고 자전거로 학교에 갔다. 중간쯤 언저리에 친할머니집이 있어서 그곳까지만 자전거를 타고 갔다. 할머니집에는 늘 인기척이 없었다. 할아버지 할머니가 아침 일찍부터 일을 나가신 집에는 아무도 없었고, 내가 점심때 와서 먹을 수 있도록 차려놓은 밥상만 고즈넉했다.

초록색 철문 안에 자전거를 세워둔 다음 할머니네 옆집과 아랫집에 살고 있는 현정이와 희정이를 만나 함께 학교로 갔다. 아침에 친구네 집에서는 조금은 다른 풍경의 아침을 볼 수 있었다. 희정이는 삼남매 중 둘째였는데, 10분도 되지 않아 희정이 엄마가 큰 소리로 불러대는 희정이 이름을 열 번도 넘게 들을 수 있었다. 그건 현정이네 엄마도 마찬가지였다.

"동생 챙겨라, 왜 그렇게 느리니. 정이 기다리고 있잖아!"

"신발 바로 신어."

"옷을 왜 그렇게 입어!"

그럴 때마다 엄마가 보고 싶었다.

'우리 엄마도 내게 고함을 치는데. 나도 다 들을 수 있는데.'

엄마 아빠는 거의 나를 보러 오지 않았다. 나도 모르게 주눅이 들었다. 성격도 내성적인 성향으로 바뀌었으며 마음 가득 쌓인 그리움으로 잠자리에 들 때마다 눈물이 또르르 흘렀다. 소풍을 가거나 운동회와 같은 행사가 있는 날은 더 우울했다. 나뭇가지 사이에 숨겨놓은 보물찾기 종이를 찾을 때마다 엄마가 생각났고, 달리기 총성에 친구 엄마들이 자식을 응원하는 함성소리에 저절로 움츠러들었다. 명절도 행복하지 않았다. 무언가를 잔뜩 사들고 삼촌과 이모가 할머니집으로 왔지만 엄마 아빠는 오지 않았다. 부산에서 무슨 공장인가를 운영하며 돈을 잘 번다는 큰삼촌은 지나가는 것처럼 말했다.

"정이 에미는 안 온데?"

자기들끼리 주고받는 이야기 속에서 자리에 없는 엄마 아빠 얘기를 하는 줄은 어린 나도 다 알 수 있었다. 할머니와 숙모들은 소고기전, 깻잎전, 파전, 부추전 등 명절 음식을 많이도 만들었는데, 전 소쿠리만 5개가 넘었다. 소고기전은 제일 인기 많은 명절 음식이었다. 전뿐만이 아니라 여러 종류의 유과와 떡, 과일 등 먹을 것으로 넘쳐났다.

모두 함께 둘러앉아 상을 차리면 어른 여섯, 일곱이 앉을 수 있는 큰 상 세 개를 붙여야 했다. 삼촌들끼리 숙모들끼리 애들끼리 떨어져 앉아도 자기 자식 밥그릇 위로 전과 반찬, 조깃살 조각을 집은 젓가락들이 수도 없이 오고 갔다.

나는 할머니 옆에서 밥을 먹었다. 할머니가 고기를 올려주고 김치를 올려주었다. 나도 몰래 눈물이 가득 고여서 밥 한술을 입에 가득 담고는 벌떡 일어나 정지로 가서 물주전자와 컵을 들고 왔다. 눈물을 감추기 위한 연기가 자연스러웠던지 할머니가 칭찬을 했다.

"우리 새끼가 물도 다 챙겨오는구나. 착해라."

누룽지를 넣고 끓인 숭늉, 밤마다 엄마가 보고 싶으면 차갑게

식은 노란 주전자에 담긴 숭늉을 벌컥벌컥 마셨다. 그럼 엄마 생각이 덜 났다.

친구네 집에 가서도 엄마 고함소리가 귀에 맴맴 돌았고, 시끌벅적한 명절날이면 엄마 목소리가 미친 듯이 그리웠다. 우리 엄마 고함소리로 지금 이 모든 상황을 이길 수 있을 거라는 생각도 했다.

삼촌들과 큰이모 목소리는 지붕이 날아갈 듯 컸다. 모여 앉아 고스톱도 쳤는데, 한 번 판을 깔면 밤 12시를 넘기는 것은 일이 아니었다. 아이들은 가운데 방에서 모여 앉아 티브이를 보거나 윷놀이를 했다. 재밌었다. 가끔 숙모들이 들여다보며 먹을 것을 담아 가져다 주었다.

"호야, 재밌어?"

큰숙모가 아들을 보고는 재밌느냐며 이뻐 죽겠다는 얼굴로 물었다.

"희야! 뭐하고 놀아? 안 졸려?"

둘째 숙모는 자기 딸에게 묻는다.

친척들과 사촌들 틈에서 울적해지면 나는 구석진 방으로 숨어들었다. 나를 얌전히, 가만히 머무르게 하는 시간들이다. 그러다가 자꾸 마음이 콩알처럼 작아지면 친할머니집으로 갔다. 걸어서 갈 수 있는 거리에 할머니집이 있다는 게 때로는 위로가 되었다.

시끄러운 외갓집과는 달리 친할머니집은 고적했다. 조용한 할머니집에서는 엄마의 부재가 티 나지 않았다. 두어 시간 마루에 누워 하늘을 보기도 하고 아랫방에서 이불을 펴놓고 잠이 들었다. 혼자 조용한 시간을 보내는 것에 익숙해졌다.

외할아버지는 항상 식사를 하기 전에 소주를 한잔 드셨다. 때때로 술잔이 과해 주정으로 이어지기도 하고 할머니와 싸움을 일으키기도 했다. 밥상이 뒤집어지고, 소줏병이 깨졌으며 할머니를 향해 주먹을 들려고 할 때면 란이 이모와 일하는 아줌마가 할아버지를 붙들고 말렸다.

혈기왕성한 엄마 아빠의 싸움과는 달랐어도 그 또한 내게는 상처였다. 아홉 살, 엄마 고함소리가 차라리 백 번 천 번 나았다. 엄마 목소리가 너무 듣고 싶어서 전화기를 들었다 놨다 했다. 전화기를 들면 "뚜-"하고 신호음이 들린다. 번호를 모르니 수화기만 들고 있을 뿐이다. 한참 수화기를 들고 있으면 전화기에서 요란한 소리가 났다.

"삐삐삐삐…."

자전거를 탔다. 자전거를 타고 달리면 더 이상 눈치를 보지 않아도 괜찮았다.

다시 핸들에서 한 손을 뗀다. 고함을 지르 듯 엄마를 부르자, 대답하는 건 바람이다.

다른 손을 마저 놓는다. 바람이 나를 안았다.

유년의 밤에 뜬 보름달

따뜻한 이불로 동굴을 만들고 발가락을 꼼지락대며 장난을 쳤다. 이불을 뒤집어쓰고 귀신놀이도 하였다. 훈련 중일 때면 아빠가 집을 비워서 엄마랑 둘이서만 밥을 먹고, 놀기도 했다. 밤이 심심하진 않았다. 밤이면 엄마랑 동화책을 읽곤 했는데, 동화책을 읽던 그런 일상의 밤이 예고 없이 끝나게 될 줄은 미처 몰랐다. 포근함이 느껴지던 밤이 그리웠다. 이제는 밤이 그립지 않았다. 싫었다.

죽곡리 군인아파트 5층 베란다로 나가면 달이 선명했다. 검은 하늘에 박힌 듯 떠 있는 진줏빛 달이 자라나고 살이 깎이는 걸 밤마다 지켜보곤 했다. 왼쪽으로 가늘게 뜬 달, 그믐달, 반달, 보름달, 반달, 오른쪽 가늘게 뜬 초승달…. 달이 동그랗게 바뀌어가는 모습이 신기했고, 그렇게 보름달이 뜨면 소원을 빌었다.

외갓집에선 란이 이모 옆에서 자거나 사촌 언니가 나를 데리고 자기도 하였다. 누운 지 얼마 되지 않아 잠이 드는 날도 있었지만 대개는 전전반측, 뒤척이며 쉽게 잠들지 못했다.

"언니, 나 쉬 마려워."

"불 켜줄게. 화장실 갔다 와."

화장실은 밖에 있었다. 화장실에 갈 때마다 하늘을 올려다보았다. 달이 보이는 날도, 뜨지 않은 날도 있었다. 보름달을 보는 건 쉽지 않았다. 그믐달, 반달이라도 보이면 소원을 빌었다.

"우리 엄마 아빠가 빨리 나를 보러 오게 해 주세요."

밤마다 소원을 빌었지만 달은 아무런 대답도 없었다. 달이 구름에 가려진 밤이면 내 마음도 검은 구름으로 뒤덮혔다. 달이 보이지 않는 검은 하늘의 밤에는 소원도 그저 마음속에만 남았다.

달은 내 유일한 말동무였다. 모습을 보이지 않으면 눈물이 났다. 그때 알았다. 달빛과 햇살이 사람 마음속에 빛이 나게 할 수도, 빛을 잃게 할 수도 있음을. 비가 오는 날이면 눈물이 더 많이 났고, 화창한 날이면 좀 더 희망이 몸집을 키웠다. 선선한 바람이 부는 날은 마음에도 바람이 스며들어 걸음이 느려질 수 있음을 알게 되었다. 사는 게 다 똑같다는 말을 하지만 날씨를 받아들이는 마음은 사람마다 다를 수 있다는 걸 알게 되었다. 하늘과 땅을 바라보는 그 시선이 각자 다를 수 있음을 그때 알았다.

나는 어른이 되어서도 시간이 날 때마다 나무들로 빽빽한 숲길과 바다를 찾는 걸 즐긴다. 그곳은 시시각각 변덕스러운 내 마음을 고요히 놓아둘 수 있는 피안의 세계였으니까.

잠자리에 누으면 언니가 자장가를 불러줬다.

"언니, 잠이 안 와. 엄마는…."

말을 잇지 못했다. '엄마는 언제 와? 엄마가 보고 싶어.' 마음속에서만 문장을 완성할 수 있었을 뿐이다.

"언니도 엄마 없잖아. 큰이모가 언니도 여기 두고 갔잖아. 보고 싶지만 참는 거야. 할머니집에 있으니까 언니는 괜찮아. 너도 좀 더 지나면 괜찮아질 거야."

고등학생인 사촌 언니는 어른 같았다. 언니가 토닥토닥 불러주는 자장가를 들으며 잠이 들었다. 엄마 생각을 하다보면 엄마를 꿈에서 만났다. 달빛 아래에서 소원을 빌고 쥐불놀이를 하던 밤과 구구단을 외우지 못해 혼을 내던 엄마가 번갈아가며 나를 찾아왔다.

새벽이면 정지에서 들려오는 할머니의 칼질 소리와 아궁이에 올려놓은 커다란 솥뚜껑을 여닫는 소리가 나를 꿈으로부터 현실로 불러냈다. 할머니가 아무리 맛있는 밥을 해 주고, 꼬박꼬박 피아노학원에 보내줘도 엄마 목소리가 그리운 마음은 줄지 않았다. 그렇지만 아무에게도 말을 하지 않았다.

나는 학급 친구들과 잘 어울리지 못했다. 강원도와 경상도 말투가 달랐고 또래보다 한 뼘은 더 큰 키도 아이들이 내게 쉽게 다가오지 못하게 만들었다. 대개는 조용히 앉아 자리를 지키고 있었고, 아빠가 군인이라는 것, 온 동네 사람들이 다 아는 국밥집 손녀딸이라는 소문도 친구들과 어울리는 데 어려움을 주었다. 이유는 모른다. 친구 몇 명과 어울릴 수 있었을 뿐.

희정이와 현정이가 있어서 다행이었다. 처음 전학을 하고 나서 며칠은 학교가 너무 멀고 낯설었다. 그래도 금방 적응을 했다. 봄이 오고, 여름이 지나 가을이 될 무렵 나는 꽤 익숙해져서 학교 주변 곳곳에 대해 알 수 있었다. 친할머니집으로 가는 길이 두 개라는 것, 외할머니 국밥집으로 가는 길은 세 개라는 것도 알았다. 알게 모르게 아빠 근무지를 따라, 엄마의 이삿짐을 따라 여러 지역에서 살았던 내공이 그때부터 발현되었던 듯하다.

언젠가 수업시간에 사람은 환경에 적응하는 동물이라는 말을 들었을 때, 어린 시절부터 몇 번이나 전학을 하며 적응하고 살았던 나를 떠올렸다. 딱 적절한 예시라는 생각이 들었다.

지영이라는 친구가 내게 다가왔다. 나도 눈이 컸지만 지영이도 눈이 컸다. 키도 나랑 비슷했다. 항상 원피스 아니면 눈에 띄는 색깔의 예쁜 티셔츠에 스커트와 바지를 입은 모습은 머리부터 발끝까지 틈이 없어 보였고, 얼굴도 나보다 더 하얗게 보였다. 지영이 아빠는 중학교인지 고등학교인지 어쨌든 선생님이었다.

"집에 갈 때 같이 가자!"

친구의 말이 반가웠다. 지영이네 집은 외갓집 식당이 있는 큰길에서 5분 정도 거리였는데, 인사를 하는 나를 보고는 지영이 엄마가 말했다.

"네가 국밥집 할머니 손녀구나. 지영이에게 들었지. 아줌마집에서 밥 먹고 가거라."

지영이 엄마는 금방 밥상을 차려 내왔다. 큰 양은그릇에 배추 반포기가 통째로 담겨져 있었는데, 순간 긴장을 했다. 그때까지는 김치를 잘 먹지 못했기 때문이다.

지영이 엄마는 손으로 김치를 길게 쭉쭉 찢었고, 지영이는 흰밥에 김치 한 줄기를 얹어 입에 넣었다.

속으로 망설였다.

'김치를 잘 못 먹는다고 말을 해야 하나?'

늦었다. 이미 내 숟가락 위에는 김치가 올라 있었다.

지영이는 똑똑하고 약았다. 내가 김치를 잘 못 먹는다는 걸 이미 들어서 알고 있었지만 내 숟가락에 올려진 김치를 보고는 웃음을 지었을 뿐이었다. 내가 그걸 먹을지 안 먹을지 시험하는 듯한 눈빛이었다. 나는 입에 김치와 밥을 넣었다. 매웠지만 삼키지 못할 정도는 아니었다. 또 먹었다.

그래야 될 것 같았다.

"야! 너 억지로 먹지 않아도 괜찮아."

지영이는 숟가락을 든 채 비로소 까르르 웃었다. 기분이 좋지 않았다. 그랬다. 지영인 내게 친절한 얼굴로 다가와서는 골탕을 먹이곤 했다. 하루는 집으로 가는 다른 길을 알려주겠다며 나를 끌고는 시장통으로 들어갔다. 그리고 시장 한복판에서 사라졌다. 얼마나 헤맸는지 모른다. 몇 번 보았던 닭집도 보이지 않고,

신발가게도 안 보였다. 할머니 손을 잡고 왔던 그 길이 아니었다. 심장이 두근거렸다. 길을 잃은 것 같았다.

'나는 어디로 가야 할까?'

길 위에 있었지만 길을 잃었다. 살아오면서 때때로 곤경에 처했고, 길을 잃었다. 길을 잃고 헤맸던 그 길 위에서 나는 무슨 생각을 했던가. 어떻게든 집으로 가는 길을 찾아야 한다는 생각만 했을 것이다. 내가 가야 할 곳이니까.

지영인 선생님의 관심과 총애를 독차지하던 아이였다. 내가 전학을 온 뒤로 선생님의 관심이 내게 쏠리자 시샘을 한 것 같았다. 친구의 얼굴로 다가왔지만 잘 먹지 못하는 김치를 억지로 먹는 나를 보며 깔깔거렸고, 시장통에 나를 두고 사라졌고, 친절한 얼굴로 나를 괴롭히곤 했다. 나는 아무런 저항도 하지 않았다.

초등학교 1학년이었던 초겨울, 교실 한 가운데 굴뚝 있는 난로가 놓였다. 아이들은 쉬는 시간마다 고구마와 주전자가 올려져 있는 난롯가 주변에 빙 둘러서 손을 내밀고 불을 쬐었다. 나도 그 중 하나였는데, 누군가 갑자기 뒤에서 나를 난로 쪽으로 확 밀었다. 그대로 난로 쪽으로 밀린 나는 난로 연통에 손을 데었다.

딸이 난로에 손을 데었다는 소식을 듣고 군복 차림의 아빠와 엄마가 학교로 찾아왔다. 그리고 나를 밀었던 아이 부모에게 따져서 사과를 받아냈다.

지금도 오른쪽 손등에 희미하게 남아 있는 화상 흔적을 볼 때마다 그때의 기억이 떠오르곤 한다.

엄마가 우렁찬 목소리로 나서면 모든 게 다 해결되었다. 엄마와 아빠는 서로 피터지게 다투기는 했어도 내가 다쳤다는 말을 듣자 전사가 되어 나타나 딸을 위해 싸웠다.

시장에서 길을 잃었던 그날 밤, 전사가 된 엄마가 보고 싶어 또 눈물이 흘렀다. 베개가 다 젖었다.

자라면서 바보가 되었다. 마음도 바보가 되고, 등신이 되었지만 살면서 그런 나를 깨운다. 그런 시간이 없었으면 나는 어땠을까. 좀 더 나약했을까. 좀 더 강했을까.

의미 없다. 엄마가 되고 난 뒤에는 나도 전사가 될 수 있었으니까 말이다.

미로 속에서 깨닫게 되는 것들

그날은 하필 장날이라서 시장은 사람들로 북적거렸다. 사람들에게 가려져 앞이 보이지 않았다. 이리 치이고 저리 치이는 동안 겁이 났다. 나를 기다리고 있을 할머니가 떠올랐다. 엄마 생각이 더 간절해졌다. 엄마는 내가 조금이라도 늦으면 온 동네방네를 소리치며 찾아다니곤 했었다.

콩나물을 파는 할머니에게 물었다.

"할머니, 대아식당 어디 있는지 아세요?"

할머니는 손짓으로 저쪽, 저쪽 하며 알려주었다. 나중에 길이 익숙해졌을 무렵, 내가 반대편 낯선 곳에서 헤맸음을 알게 되었다. 그날의 감정이 뚜렷하게 남아 있다. 기억도 습작된다. 기억은 기억을 만들어 그 뒤로 나는 중학생이 되어도, 마흔 한 살이 되어도 골목길이나 시장으로 들어가면 길을 잃고 헤매게 될까 두렵다. 종로처럼 복잡한 길은 기피하는 내가 되었다.

그뿐만이 아니다. 어린 아이가 시장을 헤매고 다닐 때 사람들이 나를 바라보던 기이한 눈빛들도 기억한다. 그 뒤로 나에게로 쏠리는 시선을 더 피하게 되었다.

나는 자라는 동안 늘 시선을 모으는 편이었다. 키가 커서 그랬고, 전학을 다닐 때마다 낯선 아이에 대한 호기심 때문이기도 했다. 그런 관심이 나를 피곤하게 만들었다.

아침에 일어나서 엄마가 옆에 없다는 사실을 알게 되었을 때의 허허벌판에 홀로 서 있는 듯한 감정, 수많은 사람들이 오고가는 혼란 속에 버려진 아이로 홀로 서 있는 느낌이었다. 트라우마가 되었을까? 제주도에 가서도 가장 가기 싫어했던 곳이 미로공원이었다. 앞을 내다볼 수 없는 곳이 나를 두렵게 만들었다.

모든 걸 혼자 해결해야 하고, 알지 못하던 곳에서 보내야 하는 시간이 많아지면서 조금씩 대범해지기는 했다. 그럼에도 사람은 언제 어디서든 외로움을 느낄 수 있다는 걸 빠르게 받아들였다.

아홉 살, 열 살이 될 때까지 내가 일기장에 적었던 말이 있다.

'엄마가 나를 두고 갔어도 울지 않기. 할머니 말 잘 듣기. 할머니가 속상해 하는 일 하지 말기. 혼자 숙제 잘 하기.'

이 또한 내가 외로움에 익숙해지고 나아가서 즐기며 살게 된 원천이 되지는 않았을까. 그렇다. 사는 것도 연습이 필요하다.

골목을 빠져나왔다. '대아식당 소고기국밥' 간판을 보자마자 한숨을 내쉬었다. 길을 찾아 헤매다 국밥집을 발견한 그 순간의 안도감은 이루 말할 수 없었다. 웃긴 일은 그 뒤에 벌어졌다.

"학교 다녀왔습니다!"

"오냐. 왜 이렇게 늦게 오노! 할머니 걱정했잖아."

"친구랑 놀았어요. 할머니, 나 배고파."

무인도에 표류되기라도 한 것처럼 좌절하고 절망감에 빠졌던 시간을 건너오자 나는 그 일을 숨겼다. 말하고 싶지 않았다. 아무렇지도 않은 듯, 세상에서 가장 평온한 표정으로 할머니 앞에 앉아 시장에서 보았던 것들에 대해 재잘재잘 떠들었다.

혼자 남겨진 나는 살아가는 법을 하나씩 터득하고 있었다.

지영이 같은 아이 때문에 기가 죽기도 했지만 괜찮았다. 수업이 끝난 뒤에 돌려받는 일기장을 볼 때면 기분이 좋았다. 담임선생님은 날마다 내 일기장에 빨간 볼펜으로 선생님의 생각을 써서 돌려주었는데, 그 몇 줄의 이야기를 읽는 재미에 학교 가는 것이 좋았다.

옆 반 담임선생님도 한 번씩 나를 부르곤 했다. 교감선생님도 복도에서 나를 만나면 인사를 건넸다.

"할아버지 잘 계시냐? 학교생활 잘 하거라."

할머니 할아버지의 사랑으로 인해 왕따 혹은 아이들로부터 놀림감이 되는 존재로 전락하지 않아도 되었다. 할아버지는 멋진 흰색 양복과 흰색 구두, 지팡이로 멋을 내서 아이들에게도 인정을 받았고 할머니 식당은 다른 지역에서도 소문을 듣고 찾아오는 꽤 유명한 맛집이었다.

국밥집 손녀딸은 어딜 가든 관심의 대상이 되었다. 그런 관심을 무기로 나는 기가 살아 동네를 휘젓고 다니기도 하였고, 그래서 다른 사람들 앞에서는 절대로 울지 않았다. 어린 마음에도 내가 아무 데서나 울고 다니면 온 동네 사람이 다 아는 할머니 할아버지가 걱정을 할 거라고 생각했기 때문이었다.

5교시, 6교시 수업이 있는 이틀은 도시락을 가져가거나 점심시간에 집으로 가서 밥을 먹고 와야 했다. 대부분의 아이들은 집으로 가서 밥을 먹고 왔다. 나도 도시락은 싸들고 다니지 않았다. 차갑게 식은 밥을 먹는 게 싫어서 10분 거리에 있는 할머니집으로 점심을 먹으러 갔다. 외할머니 손에서 자라는 나를 보고 친할머니가 점심이라도 와서 먹으라고 하셨기 때문이었다.

점심시간에 가면 할아버지 할머니는 집에 계시지 않았다. 친할아버지는 남의 논으로 일을 하러 다녔고, 할머니는 연탄 배달을 했다는데, 아홉 살 나이에 그 일이 무엇을 의미하는지 알 길은 없었다.

할머니는 손녀딸을 위해 작은 상에 반찬 몇 가지를 올려서 보자기로 덮어두었다. 나는 아무도 없는 할머니집에서 밥을 떠서 챙겨 먹었다.

마흔이 넘어 삼십 년 전을 떠올려보니 당시 할아버지 할머니는 50대에 불과하다. 지금 50대인 보통 사람은 그때 내가 기억하는 할머니 할아버지처럼 나이가 들어보이지 않는다. 이상한 일이다. 얼마 전 63세의 아주머니와 이야기를 나누었던 적이 있었는데, 너무나도 곱고 여전히 젊음이 느껴졌다.

어린 시절 나의 할머니는 주름이 많았고 허리도 구부러져 있었다. 사실 초등학교 때는 내가 바라보는 모든 게 커 보였었다. 볼록렌즈, 오목렌즈라도 작동하는 것은 아닌지. 몇 년 전에 시골집을 가보니 손바닥만 했다. 작아도 너무 작게 보였다. 기이한 현상에 전기가 흐르는 충격이 전해졌다. 내 기억 속의 외할머니 식당은 양구 죽곡리 군인아파트보다 몇 십 배는 컸고, 할머니집도 작아보이지 않았다.

할머니집 얘기를 하다 보니 옆길로 한참 샌다. 아홉 살이 되고, 열 살이 되어도 엄마는 오지 않았다. 여전히 혼자 머리를 묶으며 학교에 가고, 점심시간에는 할머니집에서 혼자 밥을 먹고, 두 친구와 다시 학교에 갔다.

봄부터 가을까지는 마루에서 밥을 먹었다. 방은 어두컴컴해서 들어가기 싫었다. 너무 조용했다. 바람에 흔들리는 잎사귀의 움직임도 들을 수 있을 정도로 조용했다. 차라리 춤을 추는 나뭇잎을 보는 것이 덜 심심했다.

밥상을 덮고 있는 보자기를 들어올리자 잘게 자른 김치와 멸치볶음, 콩자반과 된장찌개가 차려져 있다. 외할머니집보다 반찬도 적고 고기도 없고 생선도 없다. 단 한 번도 투정하지 않고 맛있게 먹었다.

밥을 먹고 나면 두 팔 벌린 채 마루에 누워 하늘을 바라봤다.

햇살에 데워진 마루는 늘 따뜻했다.

나는 어릴 때부터 혼자 하늘을 바라보고 혼자 밥을 먹고 혼자 길을 걷고 있었다. 지금도 혼자서 하는 이런 일들에 어려움을 느끼지 않는 건 그때부터 단련되었기 때문이리라. 왜 사람에게 연연해 하지 않고, 사람에게 크게 기대려고 하지 않는지, 어떻게 그 험난하고도 길었던 이혼 터널 속에서 견뎌낼 수 있었는지 가끔 의문이 들었는데 이제 답을 알 것 같다.

엄마는 외가에 홀로 나를 떼어두고 추운 강원도 산골짜기에서 동생을 낳아 키우고, 가슴앓이를 하며 살았다. 어린 딸을 떼어놓아야 했던 지난한 삶을 견디기 위해 엄마는 독해져야 했다. 나는 그런 엄마로 하여 어떤 상황에서도 홀로 견뎌낼 수 있는 힘을 키워냈다.

3장

돈이 원수다

기억으로 존재한다.

통제 불가능한 그 기억은 나를 만들어가는 작은 점이 되었다.

바꿀 수 없는 지난 시간들이지만,

어느 순간 인생의 후반전을 만들어내는 씨앗이 된다.

이제부터 통제 가능하다.

처음 만난 동생은 세 살

엄마가 왔다. 엄마 등에 업혀 있던 아기가 바닥에 발을 딛고 걸었다. 동생이다. 짧은 머리에 앞머리가 이마를 덮었다. 눈이 나처럼 길고 크다. 입술은 조그맣고 코도 조그맣다.

'언제 내게 동생이 생긴 거지?'

엄마는 내가 8살이었을 무렵 내내 배가 불러 있었다. 나는 동생이 생겼다는 사실을 잊고 있었다.

동생은 식당 마당을 아장아장 걸어 다녔다. 걸을 때마다 삑삑- 소리가 났다. 동생을 어떻게 대해야 할지 몰라 어색했는데 삑삑 소리에 웃음이 났다.

손을 내밀었다. 내 손을 잡았다. 동생이 나를 올려다 보았다.

"내가 언니야. 너는 내 동생이래."

"엄마! 동생 데리고 슈퍼에 갔다 올게!"

식당 바로 위쪽에 있던 공주상회에 동생이랑 들어갔다. 잔뜩 놓여 있는 과자 봉지와 츄파춥스… 슈퍼마켓은 동생의 눈을 초롱초롱하게 만들었다.

"할머니! 얘가 내 동생이에요! 엄마가 왔어요! 엄마가 동생도 데리고 왔어요."

주인 할머니에게 신이 나서 떠들었다. 할머니가 다가와 내 동생 손을 잡고 말을 걸었다.

"고새 이렇게 커서 왔어! 아이고, 이뻐라. 정이하고 똑같이 생겼네!"

나랑 똑같이 생긴 건 몰랐지만 동생이 생겼다는 게 기뻐서 엄마 없이 지냈던 시간을 다 잊었다.

동생은 눈에 보이는 사탕과 과자를 손에 잡았다 놨다가 갈팡질팡한다. 손에 과자도 들고 사탕도 들었다가 새우깡 봉지를 떨어뜨린다. 작은 손에 다 잡힐 리가 없다.

"한 개만 해야 해! 과자 한 개! 사탕 한 개!"

동생은 고개를 절레절레 흔들며 욕심을 부린다. 과자 하나를 더 사서 까만 봉지에 담아 한 손에 들고, 다른 한 손으로 동생 손을 잡고 걸었다. 내 두 손이 처음으로 바쁜 날이었다. 삑삑 소리를 내며 걷는 동생이 예쁘고 귀여웠다.

"엄마! 많이 보고 싶었어. 엄마는?"

엄마는 나를 안았다. 엄마가 나를 안아주자 동생이 내 옷을 잡아당겼다.

"언제 이렇게 컸어? 아이고, 언니를 안으니까 샘을 낸다."

세 살이 되어 언니를 처음 본 동생은 엄마가 나를 안아주는 게 이상했나 보다. 나도 이상했다. 분명 예전에는 나 혼자 엄마를 바라봤는데 갑자기 동생과 같이 엄마를 바라보고 있으니 말이다.

앨범 속 켜켜이 쌓인 수많은 사진 중에서 딱 한 장의 사진이 아른거린다. 밝은 햇빛에 빛나는 맑은 물 위로 둥둥 떠다니는 나뭇잎 같은 느낌이다. 편집되지 않은 몇 장면 중 하나다.

사진 속에서 동생은 아이스크림을 손에 들고 문 앞에 서 있다. 그 사진 한 장만 내 마음에 내려앉은 이유는 엄마와 동생과 새로운 만남이 낯설면서도 달콤했던 시간으로 기억되기 때문이다.

외롭고 심심했던 낮에, 딱히 가지고 놀 장난감도 없고, 몇 권의 책과 문제집이 전부였던 나는 나와 놀았다. 그런 내게 동생의 손짓과 걸음걸이, 말은 나보다 어린 사람과 첫 관계를 맺는 계기가 되었다. 동생이 온 날부터는 다른 것들이 눈에 들어오지 않았다. 엄마가 가장 보고 싶었는데 동생만 보고 있는 내가 되었다.

엄마는 나를 데려가기 위해 왔지만 금방 떠나지는 않았다. 엄마는 얼마간 외갓집에서 머물며 식당일을 도왔다. 엄마와 함께하던 날들 동안 나는 목소리가 커졌다. 이제 지영이도 물리칠 수 있을 것 같았고, 그날부터는 두 손으로 핸들을 잡고 자전거를 탔다. 손을 놓고 타면 속도가 느려졌기에 빨리 집에 가고 싶어서 페달을 쌩쌩 밟았다.

가장 따듯한 계절이 되었다. 동생과는 티격태격하였다. 내 말을 잘 듣지 않았고, 숙제를 하면 연필을 들고 공책과 문제집에 낙서를 하기도 하였다.

"엄마! 얘가 내 공책에 낙서했어. 침도 흘렸어."

눈물이 그렁그렁해서 엄마한테 일러봐야 별 소용이 없었다. 갑작스레 생긴 동생을 어떻게 대해야 할지 알 수 없어서 혼란스럽기도 했다. 동생이 내 물건을 망가뜨리는 것도 물건을 잘못 놓아둔 언니 잘못이 되었다.

식구가 더 생긴다는 건 쉬운 일이 아니다. 엄마에게도 그랬을 것이다. 십 년을 혼자 커온 내가 동생을 오로지 이해하고 돌보는 언니가 되는 건 어려운 일이었다. 동생과 엄마를 만나게 되어 기뻤던 마음은 곧 피곤함과 나도 모를 서운함으로 뒤섞여 또 다른 감정의 세계로 들어가기 시작했다. 사람 하나로 고마움과 서운함, 피곤함, 애틋함 등 온갖 감정이 뒤섞일 수 있다는 게 그저 신기할 뿐이다.

나를 떼어두고 엄마가 가버린 뒤로는 비가 세차게 내리는 날이면 하염없이 밉고 보고 싶은 마음에 서럽기만 했는데, 개구쟁이 동생을 키우며 살았을 엄마가 얼마나 힘들었을지 알 것 같았다.

나는 이제 외할머니 국밥집에서 학교를 다니지 않게 되었다. 할머니집에서 나뭇잎 스치는 소리를 들으며 혼자 점심을 먹지 않아도 되었다. 할아버지와 할머니의 예고 없는 싸움을 보지 않아도 되었고, 혼자서 달을 보며 엄마를 부르지 않아도 되었다.

동생이 고마웠다. 동생이 없었다면 엄마가 나를 더 오래 할머니집에 놓아두지 않았을까 하는 생각도 괜히 들었다. 언니와 동생이 떨어져 사는 것은 더 비극이 아닐까.

아빠는 강원도 방산에서 몇 년 동안 근무하다가 남쪽 지방으로 발령이 났다. 세 식구였던 우리가 네 식구가 되어 붙어 있게 되었다. 나는 친구들 앞에서 자랑을 했다.

"나 동생 있어! 말도 잘하고, 완전 잘 뛰어! 학교 끝나면 나는 빨리 가야 해. 동생이 기다리거든. 그리고 나 전학도 간다. 이제 여기 학교에 안 올 거야!"

내일 전학을 갈 것도 아닌데 툭하면 전학을 간다고 떠들고 다녔다.

아빠가 학교에 왔다. 멋진 군복을 입고 나타났다. 담임선생님은 내게 앞으로 나오라고 하였다.

"정이가 이제 다른 곳에 가서 학교를 다닌다고 해요. 친구들한테 인사하고 가자!"

"얘들아, 잘 있어. 다음에 또 만나."

진해로 갔다. 진해의 벚꽃은 찬란하고 아름다웠다. 핑크빛 꽃잎과 길을 따라 줄지어 늘어선 벚꽃길을 보는 것은 태어나 처음이었다. 나무 아래에서 다 같이 사진도 찍었다. 보기에 완벽한 네 식구 모습이다. 공백은 무색했다고 말하고 싶지만, 아니다.

행복을 하느님은 한꺼번에 다 주지 않으셨다.

이제 네 식구가 다 함께 모여 살았지만 아빠는 시험과 교육으로 많은 시간을 보내지는 못했고, 6개월 후 다시 발령이 났다. 이제는 서울에서 근무하게 되었다는데, 엄마, 아빠가 무슨 이야기를 나누었는지는 모른다. 다만 진해에서 오래 머물지 못했다는 것만은 분명했다. 딱 한 학기만 다니고 4학년 2학기 때 외할머니 국밥집으로 다시 돌아왔고, 다니던 학교로 다시 전학을 왔다. "다시 만나!"라고 했던 내 말이 사실이 되었다.

그래도 다행이다. 엄마가 나를 두고 가지는 않았다. 아빠가 세 사람을 두고 갔다. 세 살 때 만난 동생과 이제 같은 이불을 덮고 가운데 방에서 잠이 들었다. 괜찮다.

푸른색 엑셀 자동차

엄마는 나와 동생을 데리고 외갓집으로 돌아왔다. 떠난 지 반 년 만이었다. 돌아오지 않을 것을 확신하고 친구들과 헤어짐의 인사를 나누었는데 되돌아가야 하는 상황이 탐탁지 않았다.

너무나도 빨리 제자리로 돌아온 것 같아서 나는 멋쩍었다. 헤어져도 헤어지는 게 아닐 수 있다는 걸 처음 겪었다. 그래도 친구들과의 재회는 낯선 곳에서 새롭게 적응해야 하는 것에 비하면 훨씬 행복한 일이었다. 사람과의 인연은 한 번 닿으면 희미해졌다가도 또렷해질 수 있고, 끊어졌다 하더라도 기억 속에서는 연결되어 있었다.

진해에서 사귄 새 친구들과 다시 헤어지게 된 경험은 사람에게 처음부터 정을 주지 않게도 만들었다. 사람과의 만남은 영원하지 않았다. 숱하게 만나고 숱하게 헤어지는 과정에서 오래도록 지속되는 인연이 만들어진다는 것은 삶에서 기적 같은 일이었다.

누군가와 정이 들었다가 기약 없는 이별을 해야 하는 경험들은 마음을 단단하게 만들었다. 또한 잘 헤어지는 연습도 할 수 있었다.

다시 외가로 돌아오는 일이 유쾌하지는 않았다. 그래도 이제 혼자는 아니었다. 엄마는 외갓집 식당일을 도우며 생활했다. 2학기 개학을 하기 전에 시골로 다시 왔는데, 방학이라서 식당에서 일하는 엄마의 하루를 모두 지켜볼 수 있었다.

6개월 남짓 사이 외할머니 식당은 더 바빠졌다. 엄마는 반찬을 접시에 담고 국밥 뚝배기 세 개, 네 개를 빠르게 옮기며 손님들 방을 오고 갔다. 엄마가 식당일을 그렇게 잘 하는지 알지 못했었다. 할머니와 일하는 이모들만 잘 하는 줄 알았는데 엄마의 움직임이 제일 빨랐다.

"다쳐, 미끄러우니까 걸리적거리지 말고, 동생 데리고 들어가 있어."

나는 동생이랑 할아버지 방에서 대부분의 시간을 보냈다. 그림도 그리고 텔레비전을 보거나 한지가 붙여진 방문을 몇 번씩 드르륵 열고 닫으며 손님이 사라지기를 기다렸다. 손님들이 들어오고 나가는 간격이 벌이지기 시작하면 엄마가 쟁반에 밥과 반찬을 담아 가져다 차려주었고, 나는 동생이랑 밥을 먹었다. 손님이 몰아칠 때는 할아버지 방에도 있을 수 없어서 동생 손을 잡고 동네 바람을 쐬며 단팥빵과 팥빙수를 사먹기도 하였다.

엄마는 국밥집 딸이라는 굴레에서 벗어날 수 없었다. 아빠와 결혼하였지만 사는 게 어려웠을까. 혼자였을 때는 나만 키우기가 어려운 줄 알았는데, 이제 엄마는 나와 동생을 데리고 아빠와 떨어져 지냈다. 그때 할머니 국밥은 더 유명해져서 줄을 서서 기다려야 할 정도로 손님이 많았다.

할아버지 연세가 예순이 다 될 무렵 국밥집과 좀 떨어진 도로변에 2층 벽돌집을 지었다. 할아버지는 한 번씩 택시를 불러 나를 태우고 공사 현장으로 가셨다.

“할아버지, 여기 누가 살아? 누구네 집이야?”

“엄마랑 살고, 삼촌 이모들 오면 같이 놀기도 해야지.”

신이 났다. 집 주변에는 밤나무, 소나무, 예쁜 꽃나무로 가득했다. 집이 다 지어질 때까지 엄마는 여전히 식당일을 했다. 태어나서 처음으로 2층집을 보게 되었다. 2층 양옥집 앞에는 기와지붕의 단층집이 있었고, 주차장도 차 몇 대는 충분히 주차할 수 있을 정도로 컸다.

‘엄마랑 동생이랑 그곳에서 행복할 수 있을까?’

근사하게 지어진 집을 보고 나는 공주가 된 것 같아 자꾸 웃음이 났다. 어깨에 힘이 들어가서 우쭐대기도 하였다.

엄마는 집이 다 지어지기 전에 운전면허를 땄고, 차를 샀다. 푸른색 엑셀이었다. 차 주변을 빙빙 돌며 구경했다.

“엄마, 이거 우리 차야? 우리 집 부자야?”

엄마는 운전을 잘했다. 무엇이든 잘하는 엄마여서 운전하는 엄마가 더 멋있어 보였다. 엄마는 나와 동생을 태워서 새로 지은 집으로 갔다.

엄마가 차를 산 이유는 곧 알 수 있었다. 빨간 벽돌 2층집은 외가에서 차로 15분 거리였고, 학교는 더 멀어졌으니 차가 필요했다. 그보다 더 큰 이유는 엄마가 그곳에서 장사를 시작한 것이었다. 동생과 같이 행복하게 그 집에서 살 것이라는 기쁨은 오래 가지 않았다. 집은 식당으로 변신했고, 엄마는 더 바빠졌다.

"엄마가 돈 많이 벌어서 정이 피아노 사줄게."

산다는 게 무엇인지 몰라도 내게 피아노를 사준다고 하니 돈이 없어 나를 이제 놔두고 가는 일은 없을 거라는 것을 알았다. 멋진 집이 식당으로 된 것은 서운했다. 엄마가 장사를 하는 것이 좋지는 않았다. 바쁜 엄마를 방해하면 안 되었기에 동생과 방에서 손님이 나갈 때까지 놀았다.

어느 날이다. 놀다가 따분해졌다.

"밖에 나갈까? 마당에서 놀자."

동생과 나는 살금살금 밖으로 나갔다. 마당에서 시끄럽게 놀면 혼이 날까봐 엄마 차에 올라탔다.

운전석에도 앉아보고 동생은 조수석에 앉아 자동차 놀이를 하였다.

"자, 출발합니다! 손님, 안전벨트를 매주세요!"

"어디로 갈까요? 바다로 갈까요? 달나라로 가볼까요?"

핸들만 붙잡고 동생과 부르릉 소리를 내며 시간이 가는 줄 몰랐다. 그때였다. 갑자기 차가 움직였다.

"쾅!"

스르르 밀린 차는 담벼락을 박고 멈췄다. 동생과 나는 울음을 터뜨렸다. 차에서 내리지도 못했다.

엄마에게 가서 사실을 말해야 하지만 겁이 나서 차에서 꼼짝도 하지 못했다. 결국 손님 한 분이 담벼락에 차 앞부분이 맞붙어 있는 걸 보고는 차 문을 열었다.

"괜찮니? 어서 엄마한테 가거라."

아저씨는 엄마 식당의 단골이었다. 손님들이 나가고 상을 치우고 있는 엄마에게 다가갔다.

"엄마… 차가…."

엄마는 갑자기 그릇들을 내려놓고 주차장으로 뛰어나갔다. 차가 밀려 있는 것을 보자 마자 돌아서는데, 그 사이 엄마 손에는 몽둥이가 들려 있었다. 변명도 이유도 말할 틈이 없었다. 숨도 못 쉴 정도로 맞았다.

"어디서 위험하게 차 키를 들고 나갈 생각을 했어! 동생이랑 죽으려고 환장했어?"

허벅지며 등이며 가리지 않고 옴팡 두들겨 맞고는 숨이 막힐 정도로 울었다. 너무 많이 울어서 앞도 보이지 않았다.

'맞다. 엄마는 죽곡리에 살 때도 내가 무언가를 잃어버리거나 잘못을 하면 먼지 나게 나를 두들겨 팼다.'

무엇인가 잘못을 하면 엄마의 훈육은 무조건 매였다. 그리고 험악한 욕이었다. 그런 경험은 나를 소심하게 만들어 무엇이든 매사에 선뜻 나서지 못하도록 막기도 하였다. 조금만 혼이 나면 눈물부터 났다. 어릴 때는 엄마 아빠가 싸우면 겁이 나서 눈물이 났고, 엄마가 나를 두고 갔을 때는 그리워서 눈물이 났다.

장사를 시작한 엄마는 활기에 넘쳤고 목소리가 더 커졌다.

"왜 툭하면 눈물부터 흘려! 울지 말고 말을 해! 등신이야? 엄마가 없어? 왜 울고 지랄이야. 어떻게 세상을 살 거야!"

성격 급하고 다부졌던 엄마는 중학생이 되어서까지도 어눌했던 내가 마음에 들지 않아 다그쳤었다. 어느덧 5학년이 되었지만 나는 여전히 돈이 무엇인지도 모를 정도로 어리숙했다. 무슨 일이든 야무지게 처리하지 못하고 맺고 끊음이 분명치 못한 내가 엄마는 걱정스러웠던 듯하다.

그렇다고 해서 내가 다른 사람들의 눈밖에 나는 행동을 했던 건 아니었다. 사리분별을 하지 못했던 것도 아니었다. 다만 아이다운 호기심에 이끌리기보다 혼자 사색하는 시간이 많았다. 또래 아이들이 흥미를 보이는 유행의 흐름에도 둔감했고, 아이들이 열광하는 노래나 연예인에게도 관심이 별로 없었다.

엄마는 장사를 시작한 뒤로 활력이 넘쳤지만 나는 좋아하지 않았다. 나중에 커서도 장사는 하지 않을 거라고 다짐했다.

어쨌든 푸른색 엑셀은 엄마가 남편과 떨어져 살면서 자식 둘을 기르기 위해 뼈 빠지게 일하던 날들의 흔적이었으며, 잘 살고 싶다는 표현이었다.

그리고 나는 그때부터 나만의 동굴로 숨어들었다.

이삿짐과 함께 했던 삶의 반 바퀴

태어난 지 얼마 되지 않은 빡빡이 머리, 백일과 돌, 서너 살부터 유치원에 다닐 무렵의 멀뚱멀뚱 서 있는 나…. 사진으로 남아 있는 내가 없었다면 그 시절의 나는 존재하지 않았다고 믿어질 만큼 내 기억에는 없다. 아무것도 기억하지 못한다.

엄마는 나를 가졌을 때 입덧이 심하고 계절에 나지 않는 음식만 생각나서 고생이 심했다고 한다.

"니가 배 속에 있을 때는 콜라만 들이켰어. 곤이 삼촌이 까만 애가 나올 거라고 말했을 정도였으니."

"엄마, 그래서 내가 머리가 좋다가 말았나봐. 내 탓이 아니라는 생각이 드니 마음 편하네."

엄마는 어느새 할머니가 되어 까르르 웃는다. 먼지 같은 어린 시절을 뒤로 재껴둔다. 다만 열이 펄펄 끓고 아파도 칭얼대지 않는 순한 아기였다는 별것 아닌 말에 뒤통수가 띵하다.

'그래서 내가 이렇게 미련하게 잘 참는구나.'

내 기억 속에서 사진에 있는 바닷가와 케이블카는 존재하지 않는다. 떠오르는 건 볼품없는 누런 박스와 붉은 노끈뿐이다. 아마도 엄마의 삶 대부분이 이삿짐을 싸고 푸는 일들로 이어져 있기 때문일 것이다.

엄마는 40년에 걸친 결혼생활을 하면서 20년은 노마드의 삶을 살았다. 어떤 때는 계절에 한 번 이삿짐을 쌌고, 어떤 때는 반년에 한 번 옮겨 다녔다. 그리고 아빠의 계급이 높아지면서 이삿짐을 싸는 간격은 조금씩 길어지게 된다.

내가 생각해낼 수 있는 첫 기억은 지금의 익산(당시엔 이리라고 했다.)이었다. 그 다음은 양구 죽곡리였고 6학년 때 옮겨갔던 서울 신길동 군인아파트다. 그 중간 중간 옮겨다녔던 기억들은 유리 파편처럼 부서져서 매끄럽게 이어지지 않는다.

내가 성인이 된 이후로도 엄마는 유목민으로서의 삶에서 완전히 벗어나지 못했다. 대학에 들어가자마자 나는 기숙사에 들어가거나 자취생활을 하며 독립했고, 그저 손님처럼 드나들었을 뿐이어서 엄마의 노마드 삶에 대해서는 그다지 말을 보탤 것이 없다.

그렇다. 내가 살아왔던 흔적들도 엄마 아빠의 삶이 흘러가는 궤적을 따라 이곳저곳 흩어져 있다. 국밥집 외할머니 덕분에 전학을 해야 했던 횟수가 두어 번은 줄었을 거라고 생각된다.

엄마는 나를 업고 다니며 박스를 주웠다. 언제 이사할지 모르니 미리 준비를 해놓는 건 당연한 일이다. 엄마가 이삿짐을 싸고 풀었던 건 스무 번이 넘는데, 말이 이삿짐을 싸고 푸는 일이지 중노동이나 다름없다.

그 중 세 번 정도는 나도 또렷이 기억한다. 죽곡리 군인아파트로 들어가기 전에 살았던 단칸방과 문을 열고 밖으로 나가야 하는 화장실과 부엌이 있는 작은 집에 대한 이미지가 선명하다. 슈퍼마켓 옆에 딸린 작은 집이다. 그림으로 그려놓으면 참 아담하고 포근한 느낌으로 색칠을 할 수도 있을 것 같지만 현실에서는 춥고 남루한 집이었다. 다행이었던 것은 그나마 방이 꽤 널찍해서 비좁다는 생각이 들지 않았다는 것이다.

그 방 한쪽 벽에는 노란 박스가 몇 개 쌓여 있었는데, 내가 "엄마, 왜 짐 안 풀어?"하고 묻자, 엄마는 이렇게 대답했다.

"아파트 나오면 또 짐 싸야 하는데, 그때 풀려고."

엄마는 언제 짐을 싸고 풀어야 하는지 정확하게 꿰고 있었다.

엘리베이터도 없는 아파트 5층으로 이사하면서 이삿짐 박스를 들고 오르락내리락하는 엄마의 모습도 기억난다. 나도 물론 가벼운 짐을 들고 날랐다.

수없이 이어진 이사로 장롱은 여기저기 긁혀서 상처가 늘었고, 그렇게 장롱의 상처가 늘어갈 때마다 아빠의 계급과 연차가 높아진다는 것은 다행이었다. 이사를 한다는 게 바로 그 증거였다.

또 다른 기억은 진해에서 살던 몇 달이다. 엄마의 모습은 희망에 차 있는 것처럼 보였다. 어쩌면 아빠 앞길에 장밋빛 미래가 펼쳐질 거라는 꿈에 부풀었을지도 모른다. 진해에서 머물던 몇 달

동안에는 엄마를 포함한 아줌마들의 단체 행사가 끊이지 않았다. 종교활동, 운동 등 무슨 부대 행사가 그렇게 많은지 엄마는 세상에서 제일 바쁜 사람이었다. 단 6개월이 마치 몇 년을 사는 듯한 느낌이었다. 아! 사고도 있었다. 어느 토요일 오전, 가위로 잔디를 깎는 엄마를 돕는답시고 곁에 있다가 손가락을 다친 것이다. 아무리 솜으로 지혈해도 피가 멈추지 않아 엄마는 노랗게 질린 얼굴로 나를 업고 뛰었다. 그런 때의 엄마는 목소리 우렁찬 여전사가 아니라 나약한 여인에 불과했다.

엄마도 그날을 잊지 않고 있었다.

"아빠 진급에 도움 될까 해서…."

엄마는 더 이상 말을 잇지 않았다. 군인인 아빠보다 군인의 아내인 엄마의 노고가 더 가혹했다.

진해에서 사는 동안, 엄마는 등가구를 만들기 시작했다. 변변한 가구 하나 없어서 아줌마들과 어울려 등가구를 만들기 시작했는데, 한두 번 하는 이벤트가 아니었다. 또 끝을 봤다. 틈틈이 등나무 골조를 엮어 서랍장, 의자, 바구니 등을 만들어 방을 채우기 시작한 것이다. 등나무 가구를 완성해 색을 칠하고, 니스칠을 한 뒤에 햇볕에 말리면서 엄마는 행복한 얼굴이었다.

"어때, 엄마 솜씨 좋지? 가구를 사는 것보다 이게 훨씬 돈이 덜 들어."

10년 넘는 세월 동안 이곳저곳 끌려다니던 상처투성이 장롱이 엄마의 등가구에 밀려 사라졌고, 서랍장도 사라졌다. 마치 한 번도 이사를 다니지 않았던 집인 것처럼 할아버지가 지은 새집에 자리를 잡고 마음껏 기품을 드러냄으로써 엄마를 뿌듯하게 만들었다.

등가구들은 내가 고등학교를 졸업할 때까지도 계속해서 따라다녔다. 수저 두 벌과 이불 한 채로 시작된 살림살이는 전국을 돌며 버려지고 채워지며 엄마의 삶과 동행했다. 그놈의 돈 때문에 사고 싶어도 살 수 없었던 10년이 넘는 세월을 억누른 채, 노란 박스를 주워 살림살이 달그락거리는 소리를 내며 노끈으로 묶고 풀기를 반복하면서 엄마는 이골이 났다.

아빠가 서울로 발령이 나서 집이 나오기까지 할아버지가 지은 집에서 식당을 했던 그 시절은 엄마가 처음으로 돈을 움켜쥐던 시간이었다. 아빠는 한 달에 두 번 정도 내려와 엄마 일을 돕기도 하면서 주말 부부로 살았다.

서울에 닭장 같은 군인 아파트가 비었다는 소식이 전해지자 엄마는 식당 문을 닫고 또 박스에 짐을 싸기 시작하였다. 나도 이제 곁에서 거들었다. 다시 트럭을 불러 서울로 올라갈 때, 엄마는 이젠 먹고살 걱정이 덜어지길 바랐을 것이다. 이제까지 봤던 이삿짐 트럭 중에 가장 컸다. 냉장고, 새로 산 장롱, 엄마가 직접 만든 등가구 그리고 피아노까지… 트럭을 가득 채운 이삿짐들은 그동안 내가 보아왔던 이사 풍경이 아니었다.

"이사란 말만 나와도 징그러워. 휴…."

엄마는 깊은 한숨을 몰아낸다. 이삿짐을 싸느라 허리와 어깨가 얼마나 아팠는지, 추운 겨울날에 이사라도 하게 되면 하필 때를 맞춰 아빠가 혹한기 훈련에 들어가 코빼기도 보이지 않아서 나를 업고 쪼그려 앉아 박스 끈을 풀었다는 엄마의 말.

그 덕에 어딜 가든 살아내는 근력이 붙었으나 찬바람 부는 계절은 엄마의 가슴을 시리게 만든다. 삶의 반 바퀴, 지구를 돌지 않아 그저 다행일 뿐이다.

저것이 아들이었으면…

할머니는 나를 보며 혼잣말을 했다. 혼잣말이라고 여기지만 시선은 나를 향했고, 내 귀에도 또렷하게 들렸다.

"저것이 아들이었으면 얼마나 더 좋았을까."

둘째 동생이 태어났을 때도 그런 말을 빼놓지 않았다. 눈이 초롱하고, 바비인형보다 더 예뻤던 동생도 남자아이였으면 좋겠다는 말이었다.

엄마 가슴에 빠지지 않는 못 중 하나다. 가슴에 박힌 못들이 꽤나 많은데, 젊은 시절 박힌 못들은 아빠에게 바가지를 긁어 그 길이를 짧게는 할 수 있었어도 분노를 다 잠재우지는 못했다.

나는 할아버지 방에서 태어났고, 둘째는 강원도 보건소에서 태어났다. 엄마는 혼자 몸조리를 했다. 친정 엄마는 평생을 시부모와 남편, 자식들과 그 손녀딸까지 먹여살리느라 정작 딸자식 출산까지 돌볼 여력은 없었다. 시어머니는 두 부부의 삶만으로도 빠듯하여 강원도까지 올라가 며느리 출산을 살필 여력이 없었다.

엄마는 아무도 돌봐주는 사람 없고, 축복해 주는 사람 없이 홀로 아이를 낳고 홀로 이삿짐 싸고 풀며 한이 맺혔다.

언니와 동생은 십 년 만에 만났고, 자매 사이에 놓인 7년 터울은 말도 통하지 않아서 때때로 남과 같았다. 동생과 어울려 산 지 3년 반 만에 서울로 올라가게 되었는데, 그동안 학교에 다니며 정이 들었던 터라 작별인사를 하는 내내 눈물범벅이 되었다. 창밖으로 손을 내밀어 흔드는 친구들을 몇 번이나 뒤돌아보며 운동장을 빠져 나왔다.

나는 이제 서울에서 학교를 다니는 6학년이 되었다. 또 새로운 친구들 앞에서 인사를 한다.

"새 전학생이 왔어요. 아주 멀리서 왔네요."

"안녕하세요. 저는…."

갑자기 아이들은 웃음이 터졌다. 내 말투가 문제였다. 정작 나는 문제의식이 없다. 전라도, 경기도, 강원도와 경상도를 돌았으니 내 말투는 강원도와 경상도 어느 중간에서 이상한 억양이 되었다. 아이들은 내 말투를 흉내내며 친구가 되었다.

서울은 아주 많이 달랐다. 흔한 말로 노는 물이 달랐다. 듣는 노래 수준이 달랐고, 패션 감각도 달랐다. 제일 처음으로 아이들이 입고 있는 옷과 운동화가 눈에 들어왔다.

"엄마, 애들이 다 똑같은 운동화를 신고 있어."

농구화였다. 엄마는 내 말을 흘려듣지 않고 새벽에 아빠와 남대문 시장을 다녀왔다.

큰 봉지에는 바지와 티셔츠, 농구화 등 나와 동생 옷들이 가득 담겨 있었다.

그때 내 키는 168센티미터였다. 일단 키가 크고, 눈이 크고, 질끈 동여맨 테니포일 긴 머리에 농구화를 신고 청바지에 짧은 흰 잠바를 입으니 바로 서울 아이가 되었다.

군인아파트에서 생애 처음 서울살이가 시작되었다. 또 5층이다. 4층엔 아빠보다 계급이 높은 아저씨가 살았다. 그 집엔 네 자매가 있었는데, 막내가 나와 동갑이었다. 친구가 되었다. 친구는 영어학원을 다니고 있었다. 대부분의 아이들이 영어학원을 다니고 있었는데, 나는 알파벳도 모르고 있었다. 시골에서는 아무도 영어를 배우지 않았으니까.

"엄마, 애들이 학원을 다닌데. 영어학원이래."

엄마는 몇 달 기다려보라고 했다. 늘 군인아파트를 돌고 돌았지만 엄마도 서울 군인아파트 문화는 낯설었을 것이다. 장사를 하면서 먹고살 돈을 만들어 와서 그런지 엄마는 내가 놀림이라도 당할까 싶어 시시때때로 옷을 사 입혔다. 눈썰미가 있던 엄마는 유행에 뒤쳐지지 않았다. 무엇보다 당당하게 어깨를 펴고 걷도록 채근했는데, 남들에게 무시받은 걸 싫어하는 성품 때문이었을 것이다.

어느 날 학교 마치고 집에 돌아오니 좁은 현관에 신발이 가득했다.

"아이고, 네가 정이구나. 진짜 키가 크네. 엄마 닮았구나."

아저씨 아줌마들이 돌아가며 내게 한마디씩 하시는데, 다들 세련된 모습이었다. 엄마 초등학교 동창들이었다. 고향을 떠나 꽤 오래 서울살이를 했던 엄마 친구들이 엄마 소식을 듣고 찾아온 날이었다.

"네 엄마가 어릴 때부터 엄청 고생했다. 엄마랑 행복하게 잘 살아라."

짙은 화장을 한 순이 이모는 그 자리에서 수표 한 장을 주면서 내 머리를 쓰다듬었다.

"너 어릴 때도 이모가 인형 사주고 옷도 사주고 했어."

엄마 친구들은 돌아갔지만 한동안 "엄마가 어릴 때부터 엄청 고생했다."는 말이 귓가에서 사라지지 않았다. 다른 사람으로부터 처음 듣게 된 엄마의 과거였다.

몇 년 만에 네 식구가 함께 살게 되었다. 열다섯 평 아파트는 비좁았지만 함께 산다는 것 자체가 내게는 행복한 일이었다. 이듬해 동생은 초등학교에 입학했고, 나도 중학생이 되었다.

초등학교에선 군인 아빠를 둔 애들이 많아서 친구를 사귀는 데 별로 어려움이 없었지만 중학교에 들어가니 또 다른 문화가 나를 기다리고 있었다. 친구들은 통통 튀었고, 예쁘장한 아이들도 많았다. 친구들의 대화는 연예인과 드라마, 팝송 등을 중심으로 흘렀고, 그쪽에 대해 거의 아는 바가 없던 나는 잘 끼어들지 못했다. 하필이면 사춘기도 와버렸다. 초등학교 때는 낯을 가리지 않고, 남자아이들과 농구를 하기도 했는데, 잠재되어 있던 내성적이고 조용한 성격이 점점 커지고 있었다.

엄마는 사춘기 딸을 어떻게 대해야 하는지 몰랐다. 말을 하지 않으면 말이 없다고 나무랐고, 동생을 보살피라는 말에 입을 삐죽거리면 저밖에 모른다고 핀잔을 주었다. 그래도 나는 말대꾸를 하는 법이 없었다. 말 한마디 잘못하면 본전도 못 건진다는 걸 알았으니까.

동생과의 터울도 중학생이 되고 보니 만만하게 여길 게 아니었다. 언니는 동생에게 무엇이든 해 주어야 하는 존재였고, 상호존중과 교감은 7년이라는 터울이 있는 자매에겐 존재하지 않는 것이었다.

중학교 2학년 때 15평 군인아파트에서 벗어났다. 아파트 뒤쪽에 새 건물이 지어지고 있었는데, 아파트가 아니었다. 빌라도 아니었다. 아무도 모르는 군부대 건물이 있었는데 새 관사였다. 새로 지어진 건물은 스무 평이 넘었다. 집이 너무나도 크게 보였다.

엄마는 그 무렵 더 빠듯한 생활을 이어가고 있었다. 서울에 사는 동안 아파트 분양이라도 받아보겠다며 허리띠를 졸라맸는데, 내게는 좋지 않은 신호였다.

그동안 옮겨다녔던 집들은 우리 집이 아니었다. 아빠의 근무지에 따라 생겼다가 사라지는 임시 거처였다. 엄마는 십여 년 동안 이사를 다니며 우리 집을 마련할 돈을 모았고, 그게 엄마에게는 스트레스이기도 했다.

서울에 와서는 가끔씩 뷔페도 가고, 놀이동산도 갔지만 그런 것들이 매일 반복되는 일상일 리는 없었고, 한 달에 한 번 엄마 표정이 굳어지곤 했다. 심사가 울적한 것인지 화가 난 것인지 알 수 없었지만 그런 날이면 엄마를 자극하지 않기 위해 조심했다. 대부분 그날은 아빠 월급날이었다.

"돈이 가랑잎이야."

종합학원을 다녔다. 학원비와 책값 등은 7만 원 남짓이었는데, 그보다 돈이 더 들어가는 날에는 화를 냈다. 그런 날은 꼭 친구 생일도 겹치곤 했는데, 친구 생일선물을 사기 위해 돈을 달라는 말은 꺼낼 생각도 못했다. 주말에 친구를 만나러 나가는 일도 허락되지 않았다. 돈 때문만은 아니었다. 엄마는 이상하게도 나를 잘 나가지 못하게 했다. 더 이상했던 건 엄마가 나가지 말라고 하면 나도 군말 없이 집 밖으로 나가지 않았다는 것이다. 단 한 번도 이의를 제기한 적 없다.

엄마의 변덕스러움은 수시로 왔다 갔다 했다. 신산한 삶을 이어가는 동안 엄마의 감정은 널뛰기를 하였다. 그것이 엄마가 견디는 방식이었다.

한참 뒤에야 알게 된 건, 엄마는 부모로부터 보호를 받으며 자랐다기보다 스스로 살아낸 사람이었다는 것이다. 엄마는 아빠 월급을 아껴 아파트를 분양받으려는 꿈을 이루고자 허리띠를 더 졸라맸고, 사춘기시절의 나는 어린 동생과 엄마 사이에서 행복하지도 그렇다고 불행하지도 않은 모호함 속에서 허공을 맴돌았다. 그러던 어느 날, 엄마가 세 번째 임신을 하였다.

내가 중학교 2학년이었던 겨울, 엄마는 정말 셋째를 낳았다. 할머니가 바라던 아들이었다. 그 셋째는 이제 둘째와 7년 터울이었다. 하느님은 존재하실까?

나는 그때부터 하느님의 존재를 의심하였는지도 모른다.

4장

엄마의 삶

엄마의 삶을 생각해본 적이 없다.

내가 중년이 되었어도 엄마는 내게 여전히 엄마이다.

내가 만나지 못했던 엄마의 시간이 눈에 보이기 시작했다.

사람을 안다는 것은

그 사람의 언어와 그 속에 있는 마음을

내게로 이동시켜야 가능한 일이었다.

국밥을 배달하는 소녀

외할머니 국밥집이 처음부터 그곳에 자리를 잡고 있었던 건 아니었다. 몇 번에 걸쳐 자리를 옮겨온 식당은 딱 맞붙어서 작은 문을 사이에 두고 서로 오갈 수 있는 독립된 두 채의 건물이었다. 두 사람이 들어가면 적당할 정도 크기의 방과 네 명이 앉을 수 있는 방이 있는 작고 오래된 기와집과 그보다 더 크고 좋은 한옥이었다.

그곳에 국밥집 문을 열기 전까지 엄마는 읍내에서 차로 15분 정도 떨어진 곳에서 살았다고 한다. 대나무가 빽빽하게 자라고 있는 시골마을이었는데, 지금도 별로 달라지지 않았다.

외할머니는 읍내 장터에서 장사를 하면서 좀 돈을 모아 야생동물들이 출몰하던 대나무 숲 작은 집을 벗어날 수 있었다. 장이 서면 임시로 국밥집이 열고 닫고 그랬다는데, 나는 그런 모습이 잘 그려지지 않는다.

엄마는 6남매 중에 셋째 딸이었고, 자식들 중에서도 일복이 터진 사람이었다. 큰 언니는 꾀를 부려서 이리저리 도망을 다녔고, 큰 아들은 또 아들이라고 해서 일을 시키지 않았다. 또한 동생들은 어렸으니 중간에서 제일 만만한 게 엄마였다.

엄마는 국밥 뚝배기를 담은 쟁반을 머리에 이고 배달을 하거나, 배달을 나가지 않는 동안에는 동생을 돌봐야 했다. 동생을 돌보는 모습은 그릴 수 있는 그림이지만 뚝배기 쟁반을 머리에 이고 배달을 다니는 엄마의 모습은 애를 써도 잘 그릴 수가 없다.

소고기국밥 뚝배기 한 그릇도 꽤 무게가 나간다. 나도 몇 번 할머니 식당에서 일을 거들어보았지만 대학생이 되어서도 그 쟁반 무게는 가벼워지지 않았다.

엄마는 나를 할아버지 방에서 낳았다고 했다.

'병원 갈 돈이 없었나.'

철딱서니 없는 생각부터 먼저 했다.

아이가 두 다리를 쫙 펴도 맥주병 길이밖에 되지 않았다 하여 엄마는 서너 달을 외가에서 머물렀다.

엄마가 가끔 시조를 읊듯 지나간 세월들을 토해내곤 했던 날들이 있었다. 철딱서니 없던 나는 그저 엄마의 과거 이야기일 뿐이라고 밀쳐버렸다. 내가 듣도 보도 못했던 한 서린 이야기들을 내 마음에 머무르게 하지 않았다. 이 글을 쓰면서 다시 엄마에게 그 시절의 기억을 소환하도록 하자니 후벼파는 고통을 환기시킬까 염려스러워서 엄마가 토해내곤 하던 조각난 단어들을 문장으로 이어낼 뿐이다.

처음에는 작은 부엌이 딸린 오래되고 볼품없는 기와집에서 온 식구가 부대끼며 살았다고 했다. 그러다가 맛집으로 소문이 나 손님들이 몰려들면서 옆에 있던 큰 기와집도 식당이 되었던 것이다. 내가 외가 국밥집에서 살던 무렵이었으니 할머니 인생 50여 년 만에 가세가 확장되던 시기다.

식당은 대문이 두 개였다. 큰집은 보기 좋은 커다란 대문을 통해 들어가지만 옆에 붙은 작은 기와집은 안에 있는 사람들이 뿌옇게 들여다보이는 불투명한 유리문이 끼워진 미닫이문을 통해서 드나들어야 했다. 그 미닫이문을 밀어 열고 닫는 게 쉽지 않아서 나는 거의 이용하지 않았다. 큰 대문으로 들어가는 것이 쉬웠고, 요상한 자부심 같은 것도 있어서 언제나 큰 대문을 고집했다. 어린 나도 잘사는 것과 못사는 모습을 구별했으니, 그 시절 엄마의 자존심은 어땠을까? 이제야 가늠해볼 뿐이다.

엄마가 내게 띄엄띄엄 강물에 흘려보내듯 했던 말들은 여전히 흘러가지 않았다. 뱅글뱅글 맴돌아 다시 엄마의 가슴으로 되돌아갔다. 그렇게 한맺힌 기억들은 엄마의 마음에 고여 있다.

읍내 경찰서장은 국밥 한 그릇을 먹고 나면 꼭 엄마의 손에 1원짜리 하나를 쥐어주었다고 한다.

"착하구나. 네가 식당일을 다 도맡아 하고."

엄마도 학교에 가고 싶었다. 하지만 기성회비를 내지 못해서 학교에서 쫓겨난 적도 있고, 학교에 가고 싶다고 소리쳤다가 연탄집게로 죽지 않을 만큼 맞기도 했다. 콩나물을 다듬지 않았다고 일곱 살 어린 딸에게 아버지는 몽둥이를 들었다. 엄마는 매섭게 맞으며 그 세월을 살아냈다. 자식 여섯 중에 제일 많이 맞았고, 일했다. 학교에 다니는 것도 가장 어려웠다.

엄마는 시집살이까지 하는 외할머니가 불쌍했고, 윽박지르는 당신 아버지가 죽을 만큼 싫었다고 했다. 외할머니는 할아버지 형제까지 거두어 키웠다. 다른 이들이 짊어져야 할 팍팍한 삶의 무게를 할머니 혼자 그대로 옴팡 뒤집어 썼다. 그리고 그 뒤치다꺼리는 엄마 차지였다.

감싸고 돌던 자식은 사람 구실을 못했고, 사고뭉치였다. 공부는 엄마가 했어야 옳았다. 아들과 큰딸이 돈통에서 쥐새끼보다 빠르게 돈을 빼내가는 동안 국밥집 세째는 무거운 쟁반을 머리에 이고 배달을 해야 했고, 콩나물을 다듬고 온갖 푸성귀를 다듬으며 화양연화의 시절을 흘려보내며 살아냈다.

"살아온 거 징그럽다. 고사리 같은 손으로 찬물에 설거지란 설거지는 다 하고, 콩나물 다듬지 않고 놀았다고 꼬챙이를 들고…. 영감탱이. 그 죄를 다 어떻게 받았을지."

엄마는 가끔 한번씩 분노가 차오르면 입에서 불기둥이 솟아오르듯 화를 제어하지 못하였다. 어린 시절, 나도 엄마가 매를 들면 숨을 못 쉴 정도로 맞았었다. 엄마는 어쩌면 자신이 맞았던 것처럼 내게 매를 들었을지도 모른다는 생각이 들었다.

나는 나 자신이 엄마가 되어 자식 때문에 화가 나는 마음을 알게 되었고, 또 가진 게 없어서 돈 계산을 하며 이리저리 머리를 굴려야 하는 답답한 심사를 겪고 나서야 엄마의 한이 서린 세월을 떠올릴 수 있었다.

국밥집 딸은 태어나 세 살 때부터 식당일을 돕기 시작하여 열아홉, 스물이 넘어서도 식당의 굴레를 벗어나지 못하였다.

엄마는 서울로 탈출하였다. 새벽에 주산학원도 다녀보고, 학교를 다녀보겠다며 서울로 떠났으나 오래 가지는 못하였다. 엄마는 다시 시골로 내려갔다. 꿈이 있었지만 피워보지도 못한 채 말이다.

외할머니가 국밥집 장사를 하지 않았으면 모두 살아남지 못했을까? 생존해야 한다는 뿌리 외에는 무엇이 있었을까.

기구한 운명들

엄마는 국밥집 6남매 중 점원이나 마찬가지로 일하는 유일한 자식이었다. 사진처럼 찍혀 있는 내 기억 속에서 삼촌과 이모 중 국밥집 아들이나 딸처럼 보였던 사람은 아무도 없었다. 보여지는 분위기가 그랬다.

내가 외할머니 품에서 자랄 때 처음 보았던 큰 이모는 날씬한 몸매에 10센티미터는 되어 보이는 굽 높은 신을 신고 있었다. 십 년이 훨씬 지나 어른이 되어 다시 만나게 된 큰 이모는 중년을 훨씬 넘어 고향으로 돌아와 엄마가 횟집을 했던 그곳에 터를 잡았다. 부산에서 꽤 돈을 버는 것으로 알았던 큰 삼촌 역시 지난한 삶의 질곡에 갇혀 전전긍긍했던 엄마와는 달랐고, 어릴 때 받았던 그런 느낌은 꽤 오랫동안 내게 머물렀다.

'엄마는 집안 뒤치다꺼리를 하기 위해 태어난 건 아닐까?'

엄마를 이해하기 시작한 것은 오래되지 않았다. 어릴 때는 어려서 몰랐고, 어른이 되어선 나 살 길을 찾느라 알 길이 없었으며, 엄마가 되고 나서는 내 자식을 키우느라 엄마의 인생을 살필 현명함이 없었다.

그러던 어느 날 내 나이 마흔이 되어갈 때, 하얗게 세어버린 머리와 초점 잃은 엄마의 눈동자를 바라보았던 순간, 손발이며 오금까지 저릿하던 느낌을 잊을 수 없다.

엄마가 흘려보낸 지난 시절의 원통함은 연탄집게, 부지깽이, 빗자루 등 아무거나 잡히는 대로 휘두르던 할아버지의 애정 없는 매질로 이미 차고 넘쳤다. 다른 자식은 학교에 보내면서도 엄마는 보내지 않았던 이유는 무엇이었을까?

유난히 손이 야무진 일꾼이었던 것도 한 이유였다. 매사에 매조지음이 분명했던 행동거지는 학교보다 식당에 여러모로 쓸모 있다고 생각했을 것이었다.

외할머니의 시어머니, 그러니까 엄마의 할머니 할아버지도 함께 살던 그 시절, 할머니 얘기를 듣고는 무어라 대꾸할 말이 없었다. 듣고 있는 나는 그저 상상을 통해서 그런 상황이 무엇을 의미하고 보여주는 것인지 그려볼 뿐이었다.

엄마의 할머니는 표독스러웠고, 남편에게조차 곱게 잡혀 살지 않는 드센 여자였다. 화냥끼도 다분했지만 할아버지는 순하고 나약해서 마누라 눈칫밥으로 살다 돌아가셨다고 했다. 엄마가 기억하는 할아버지는 마누라에게 쥐어사는 양순한 사내였다. 보통 그 아비의 그 아들이라는 말이 있는데, 외할아버지만 보았던 나는 할아버지의 아버지가 힘없고 나약한 사내였다는 말을 도무지 이해할 수 없었다. 외할아버지의 우악스런 기질과 다방 여자들을 거침없이 방에 들이는 모습을 떠올리면 그 피의 흐름은 아마도 어미로부터 온 것이 분명하다는 결론이 지어졌다.

여기서 끝났으면 다행이었을 것이다. 거미줄처럼 얽혀 어느 한 곳만 건드려도 전부가 뒤흔들리는 것일까? 엄마의 할머니로부터 연유한 피의 흐름은 엄마의 형제들에게도 이어져서 큰아들은 이 여자 저 여자를 만나고 다녔고, 큰 딸은 이 남자 저 남자를 만나고 다녔다. 괜찮다. 혈기 왕성한 젊은 시절 누굴 만나든 내가 관여할 바는 아니다. 문제는 그 다음이다.

어느 날 국밥집에 여자가 찾아왔다. 그리고 아기를 두고 사라졌다. 사고를 친 당사자는 군대로 도망을 갔다. 엄마가 그 아이를 키웠다. 엄마가 중학생이나 되었을 무렵이었다. 기저귀를 갈고, 우유를 먹이고 어디서 태어났는지도 모를 아이를 떠맡게 되어 세 살이 될 때까지 돌봤다.

어떤 일을 두고 불행인지 행복인지 그 누구도 딱 떨어지게 정의를 내릴 수는 없다. 엄마 인생은 구석진 곳에 대롱대롱 매달린 거미줄이 아닐까. 무엇이든 걸려들고 마는. 물론 거미는 없다.

"엄마, 왜 세 살까지만 키웠어?"

"홍역으로 죽었어…."

엄마에게는 아픈 일이었다. 그때부터 엄마에게 자식이라는 존재는 어쩌면 애증의 산물이었을지 모른다. 아무도 기억하지 못하는 그 일은 엄마 가슴에 무덤을 하나 만들었다.

화냥년이라는 표현은 참 날카롭다. 그런 화냥년이라는 소리를 들었던 엄마의 할머니는 자기가 낳은 어린 자식까지 거두어 보살피고 있는 며느리를 괴롭히지 못해 안달이었다.

할머니 수발을 들게 된 것은 이제 엄마였다. 큰 오빠가 사고를 쳐서 낳은 자식까지 키웠으니 할머니 수발이야 아무것도 아니었을까? 할머니의 수발이라는 것이 단순한 잔심부름이 아니었다. 그 할머니에게 이제 치매가 찾아왔기 때문이다.

자신은 기억나지 않으니 행복하며 타인은 불행에 빠뜨리는 지독한 병. 기억이 제멋대로인 것도 환장할 노릇인데, 병든 세포는 엄마에게 올가미가 되었다. 몸은 건강했는지 치매가 걸려도 힘은 넘쳤다. 나가지 못하게 하면 발버둥을 쳤고, 아무데나 똥오줌을 쌌다. 방에 들어가면 역겨운 냄새로 숨이 막히는 날들이 수없이 반복되었다. 벽에 똥칠이 되어 있으면 엄마는 그 벽을 다 닦아냈다. 손녀딸을 알아보지 못하는 할머니는 엄마의 머리채를 잡아끌기도 했다.

외할머니는 평생 자신을 괴롭혔던 시어머니 병수발을 하기 싫어 해서 어쩔 수 없이 엄마가 도맡아야 했다. 8년이었다. 왜 나의 엄마는 셋째로 태어나 삶의 전쟁터 한 가운데에 있게 되었을까. 아무도 알아주지 않고, 아무도 기억하지 않는 세월들이다. 그 누구도 위로 한마디 해 준 적이 없었다.

마음을 좀먹게 했던 세월들, 눈시울이 뜨거워지고, 가슴에 불이 타오르는 세월들. 그 피는 어디로 흘러서 어디로 또 가고 있을까. 사는 것은 때로 지독한 일이었다.

그저 엄마의 행복한 추억은 노상에서 장사를 할 때 리어카에서 파는 알사탕 몇 개를 사먹었던 일, 쟁반을 들고 이리저리 국밥을 나를 때 손님들로부터 착하다는 칭찬 한마디 들었던 게 전부다. 삶을 이어나가는 힘의 원천인 추억의 부재는 악착같이 삶을 살아내야 한다는 것만 알게 해 주었을 뿐이다.

살면서 잊혀진다면 좋을 것들이다. 그런데 살면서 더욱 또렷해지는 기억을 어찌하면 좋을까.

"세월이 갈수록 더 기억이 나서 서러워."

"엄마, 지난 세월 뭐 하러 곱씹고 그래. 왜 지난 것만 그렇게 끄집어내고 그래."

몇 년 전까지만 해도 나는 흘러간 세월을 헤집어 자신을 괴롭히는 엄마가 이해되지 않았다. 창밖으로 스쳐가는 사람들 모습이라도 보면 엄마는 혼자만이 기억하고 있는 옛날로 돌아가는 것 같았다.

이제는 기억의 힘을 알 듯하다. 내가 지금 이 나이에, 어린 시절의 일들을 모두 소환해 적는 짓을 하고 있으니 말이다.

하나도 잊지 않았다. 잊고 싶었던 장면들이 다 내 몸 안에 있음을 알고, 이제야 나의 엄마를 알아보기 시작한다. 엄마가 건너왔던 삶의 질곡과 고통을 들여다보고 이해하면서 엄마가 한때 지녔던 예쁘고 꿈에 부풀었을 화양연화의 시간들 또한 찾아내고 싶었다. 상처와 아픔, 슬픔으로 가득했던 세월을 딛고 지금까지 달려온 엄마의 시간을 다시 조명하고 싶었다.

인절미 속마음

어릴 때 나를 키우던 엄마는 홀로 이삿짐을 싸고, 피아노를 옮기고, 장롱을 옮기는 강한 여전사였다. 하지만 정말 힘이 세서, 힘이 남아돌아서 그렇게 살았던 게 아니었음을 어른이 되어갈 때쯤 조금씩 느꼈다.

나이가 들어 알게 된 엄마의 목소리에는 두 가지 색깔이 있었다. 남들에게 허점을 보이지 않으려고 목소리가 커지고, 경상도 욕이 섞인 거친 표현을 사용하는 것이 그 중 하나였다.

중학교 1학년, 명절에 엄마랑 시골에 갔을 때였다. 마침 엄마 고향 친구들이 동창회를 한다고 연락이 왔다.

"엄마랑 같이 가볼래?"

곧잘 엄마를 잘 따라다녔던 나는 엄마 친구들이 궁금하기도 해서 따라나섰다. 식당에 들어가기도 전에 마치 스피커를 통해 울려퍼지는 것처럼 시끄러운 목소리들이 흘러나왔다.

엄마와 내가 문을 열고 들어가는 순간 엄마 친구들이 반색을 하면서 말했다.

"욕쟁이 숙이 오네!"

"이년이 정초부터 욕을 못 얻어먹어서 환장을 했나."

첫 인사치고는 강렬하다. 엄마의 목소리만 듣고 살다가, 엄마와 비슷한 사람들이 수십 명이 더 모여 있는 걸 발견하는 순간 나는 까무라치는 줄 알았다. 분명 욕을 주고받는데 서로 껴안으며 난리가 났다.

"엄마, 싸우지 마."

나는 엄마 팔을 붙잡는다.

"우리 딸이 니들 하고 싸우는 줄 안다. 아 놀라니까 주디 딱 닫아라."

"니 딸이가! 아이고매, 니 하나도 안 닮았네! 어찌 저리 키도 크고 눈도 크고 예쁘노. 니는 아도 그리 잘 낳아서 참 좋긋다. 아이고, 어째 목소리도 저리 곱노. 다리 밑에서 주워온 거 아이가."

"염병."

까르르 웃음이 끊이지 않는다. 손바닥만큼이나 작은 같은 고향에서 자라며 쌓은 추억을 한 조각씩 공유하며 수다를 떠는 엄마와 친구들 옆에서 보냈던 한 시간 남짓 시간은 정신이 없었다.

맞은편에 앉은 이모가 내게 과일 한 조각을 건네주며 말했다.

"정아, 니 엄마 목소리만 저래 크제? 속은 여려 터졌으니까 니 엄마가 하는 말 귀담아 듣지 말그래이. 멋대로 떠들어놓고 지가 더 아파 죽는데이. 이제 말 안 해도 알제?"

내가 모르고 있었던 엄마의 모습이었다. 엄마가 어린 시절부터 고생을 했다는 건 알고 있었다. 마음이 여리다는 말은 처음이었다. 엄마 친구들로부터 엄마의 다른 모습을 알게 되었다. 나는 그동안 엄마의 마음이 여리다는 생각을 단 한 번도 해보지 않았다. 엄마는 강하고 무서운 존재라고 생각하고 있던 내게 엄마 친구의 말은 신선한 충격이었다.

나는 곧 그 말을 잊었다. 사춘기 시절에도 여전히 엄마를 무서워하는 마음이 커서 그 말이 오래 기억에 남지는 않았다.

고등학교 2학년 늦가을 무렵, 서울에서 몇 년 살다가 아빠 발령지를 따라 다시 어느 지방으로 이사를 갔을 때, 엄마는 이제 막 입대한 사병들을 초대해 음식을 만들어 먹였다. 건강 상태도 확인하고 군대에 오기 전에는 무엇을 하면서 보냈는지 이야기를 나누면서 얼어 있는 사병들의 몸과 마음을 살피기 위함이었다. 또한 틈틈이 젊은 장교들 식사도 챙겼고, 크고 작은 부대 행사를 챙기며 아빠의 군인 생활을 내조했다. 엄마가 어떻게 움직이는지 가장 가까이서 보았던 시기이기도 하다.

아빠와 함께 살아온 삶이 20년을 향해서 가던 날들이었다. 엄마는 20년 동안 아빠를 따라다니며 그렇게 살았다. 이사를 수십 번 하면서도 초록 화분은 애지중지 아꼈다. 꽃도 좋아했다. 초록 식물에 물을 주면서 때때로 꽃이 피는 것을 보고 위안을 삼았으니 그 화분들을 놓을 수가 없었던 엄마였다. 힘들면 욕을 하면서도 모든 일에 두 손을 걷어붙이고 일을 하였고, 어릴 때 떼어놓았던 걸 보상이라도 하듯 엄마는 내게도 또한 할 수 있는 모든 걸 다했다. 그때는 돈이 가랑잎이라는 말을 들었던 기억이 별로 나지 않는다. 둘째는 열한 살이 되었고, 막내는 세 살 정도 되었는데, 엄마는 띄엄띄엄 낳은 자식 셋을 챙기느라 마음이 바빴다.

고3이었던 내가 집으로 돌아오면 동생들은 늘 잠이 들어 있었고, 아침 일찍 나오느라 동생들을 잘 보지도 못하였다. 밤 열 시가 넘어 집으로 돌아오면 엄마는 그날 동생들이 했던 행동과 있었던 일들에 대해 얘기하면서 나와 친구가 되어 대화의 폭을 넓혔던 시절이었다. 엄마의 거친 표현도 살다 보니 익숙해져 있었고, 엄마가 내뱉는 욕설이 때로는 욕이 아니라는 걸 마음으로 받아들인 것은 그때부터였다.

내가 어렸을 때 자신의 화를 이기지 못해 실컷 두들겨 패놓고는 통곡을 했던 엄마였다. 사는 것 자체가 팍팍했던 시절에 나를 낳았을 뿐이었다. 잘살고 싶은 욕망과 돈에 허덕일 수밖에 없는 처지와 어린 시절의 상처가 뒤섞여 순간순간 나를 향해 방아쇠가 당겨졌음을 조금씩 알아차리기 시작하였다.

내 동생들은 맞으며 컸던 일이 없었다. 크고 나서야 엄마가 마음이 따뜻한 사람이라는 것을 알게 되었다. 어쩌면 엄마도 엄마로 살면서 조금씩 엄마가 되지 않았을까.

엄마의 목소리는 사람들로부터 자신을 보호하는 방법이기도 했다. 누구도 함부로 엄마에게 무시하는 말을 하지 못했다. 다른 사람들과 험담을 나누는 일이 없었고, 아니다 싶은 일엔 입바른

소리도 잘했다.

"무시할까봐. 못 배우고 가난해서, 그런 게 혹시라도 사람들 눈에 날까봐."

그건 엄마가 사람을 대하는 방식이기도 하였다. 처음 보는 사람들은 엄마와 거리를 두었지만 시간이 흘러 서로에 대해 잘 알게 되면 사람들은 엄마의 속정을 알아보고 오랜 이웃이 되었다. 할아버지를 증오하고 미워하면서도, 국밥집을 지긋지긋하게 여기면서도 언니와 오빠들처럼 도망쳐 나오지 않고 끝까지 지키며 식당일을 마다하지 않았던 엄마였다. 치매에 걸린 할머니를 돌보기까지 했던 엄마의 그 시간들을 내가 기억해내지 못했다면 나는 엄마의 마음을 알아차리지 못했을 것이다. 물론 알아차렸다고 해서 모든 걸 다 이해할 수 있었던 건 아니었다.

이혼을 결심하고 엄마 집으로 돌아왔을 때 엄마는 죽은 자식과 죽기 직전의 자식으로 인해 치명상을 입고 있었다. 내가 만신창이가 되어 있었다면 엄마는 거의 중환자 수준이었다. 화가 나면 끝장을 봐야 직성이 풀리는 성격은 엄마 스스로를 더 아프게 만들었다.

"내가 언제까지 이렇게 살아야 해! 골병을 들여도 유분수지. 가슴이 썩어 문드러져서…."

가슴 한가운데 꽂히는 엄마의 날카로운 말들은 가시에 찔리는 것보다 더 아픈 일이었다. 온몸을 짓누르는 흉통에 가슴을 주먹으로 퍽퍽 쳐대며 벽에 머리를 찧었다. 엄마의 손을 붙잡고 머리를 감싸며 눈물과 콧물이 뒤섞였다.

"엄마, 제발. 엄마, 제발!"

막내는 여전히 어리고, 둘째는 하늘에서 바라만 볼 뿐이며, 첫째인 나도 사는 게 힘겹던 시절이었다. 엄마의 한을 나는 온 몸으로 받아냈다.

"다 나가 죽어버려. 나 그만 골병들이고!"

엄마의 입에서 그 말이 토해져 나오는 순간 나는 엄마에게 악을 쓰며 소리를 질렀다.

"엄마만 죽을 것 같아! 나도 돌아버리겠어. 나도 숨 쉬는 게 힘들어!"

문을 쾅 닫고 나왔던 그날 밤, 자정이 넘어 집에 들어가 엄마 방문을 열었다. 그리고 입을 틀어막고 주저앉아 눈물을 터트렸다. 엄마의 베개 옆에 쌓여 있는 휴지들…. 눈물과 콧물에 젖은 크리넥스 휴지가 베개보다 높이 쌓여 있었다. 눈이 퉁퉁 부어 울다 잠이 든 엄마의 축 늘어진 모습에 나는 화장실로 뛰어 들어가 물을 틀어놓고 꺼억꺼억 숨이 넘어갈 듯 눈물을 쏟아냈다.

다시 날이 밝았다. 또 아침이 되었다. 식탁에 미역국이 차려져 있다.

"밥 먹고 나가!"

눈물이 그렁그렁한 채로 마주 앉아 숟가락을 든다.

전생에 무슨 죄를 지었기에

"전생에 무슨 죄가 이렇게 많아서…. 팔자도 참."

"엄마, 무슨 말을 그렇게 해."

할 말이 없다. 말도 안 되는 소리라고 반박을 하고 싶은데, 두 번 다시 가슴 후벼 파는 말을 내뱉지 않도록 하고 싶은데, 나 역시 엄마 마음을 병들게 만들었다. 엄마 입을 막을 수가 없다.

'만약 내가 그 인생을 산다고 생각하면 나는 팔자타령을 하지 않았을까?'

누군가의 인생은 끝없는 아픔의 연속이었다. 누군가의 인생은 별 탈 없는 보통의 삶이었다. 다 뜯어보면 각자 아픔이 하나씩은 있다고 하지만 엄마에게는 하나도 아니고 둘도 아니었다. 태어나서 살아 있는 지금까지도 부모, 형제, 남편, 자식까지 모두 다 상처투성이였다. 너무하지 않는가.

죽을 때까지 짊어지고 가는 것이 기억이다. 더 생각나고 덜 생각나는 기억일 뿐, 어딘가에 몸 구석구석 묻어 있을 뿐 사라지는 기억이란 존재하지 않았다.

1년 365일, 하루하루를 잘 견디기 위해 온갖 노력을 했지만 무방비 상태에서 휘몰아치는 한순간의 기억은 때로 땅을 딛고 겨우 버티는 나를 휘청거리게 만들었다.

엄마 아빠가 서로를 향해 질러대던 악다구니는 때때로 나의 귀를 막게 만들었으며, 엄마 아빠와 떨어져 외가 식당에서 자라던 시절은 외로움이 무엇인지 알 수 있었던 시간이다. 결혼과 이혼의 터널에서 삶이라는 지옥을 빠져나오기까지, 그 시간을 견디는 동안 내 손끝에는 행복이라는 단어가 닿지 않을 것 같았다. 행복은 바라지도 않았고, 내 아이를 키울 수 있는 힘이 다하지 않기만을 바랐다. 그만 포기하고 싶었던 삶의 과정에서 그럼에도 내가 버틸 수 있었던 것은 엄마 때문이었고, 엄마 덕분이었다. 고래고래 소리를 지르고 사전에도 나오지 않는 험한 욕설을 귀에서 피가 날 것처럼 들으면서도 내가 버틸 수 있었던 것은, 그럼에도 숨을 쉬고 있는 엄마 때문이었다.

이제야 엄마를 있는 그대로 바라볼 수 있는 혜안과 마음의 공간이 생겼던 것일까? 나는 원망스럽고, 이해할 수 없고, 두려워했던 감정들을 한순간의 바람에 실려 보냈다.

'엄마는 무엇으로 삶을 견뎌야 했을까. 무엇으로 그 고통을 견뎌낼 수 있었을까?'

젊어서는 그래도 깡다구 섞인 목청으로 삶을 지켜냈다. 지금은 신경안정제와 수면제가 마지막 보루일 뿐이었다. 아무리 생각해도 버텨낼 건덕지가 없었다고 결론짓는 게 속이 편했다.

어린 시절 부모로부터 받은 것은 매질, 국밥 배달, 식당 허드렛일, 형제들 뒤치다꺼리, 치매에 걸린 노인의 병수발이었다. 아무도 몰라주는 험난한 인생의 기억은 시시각각으로 엄마의 삶을 후려칠 뿐이었다. 겨우 그 굴레를 벗어나고 보니 지독한 가난으로부터 벗어나기 위해 군인이 된 남편과 결혼해 20년이 넘도록 방방곡곡 떠돌았던 삶이었다.

외상값을 갚고 나면 남는 돈이라곤 한 푼 없어도 엄마는 단 한 번도 죽겠다는 소리는 하지 않았다. 조금이라도 나을까 싶어서 딸자식까지 친정에 떼어두며 버티기도 했고, 조금이라도 나을까 싶어 장사도 했다. 조금이라도 나아질까 싶어 아빠를 내조하며 하나하나 늘어놓을 수도 없을 온갖 일들을 마다하지 않고 뛰어들었다. 삶의 희망을 놓지 않았던 시간들임은 분명했다. 돈에 허덕이긴 하였어도 마음이 곪아 터지지는 않았다.

아파트 분양도 받아봤고, 나이 마흔이 다 되어 늦둥이 아들도 낳았고, 아주 높은 지위는 아니었으나 남편이 중견 장교로 군인 생활을 하다 전역했으니 모든 게 다 바닥은 아니었을 삶일 수도 있었다. 그렇게 인생이 이어졌다면 지금쯤 그래도 지난 기억들은 추억이려니 묻어놓고 살 수 있지 않았을까?

그런데 이제 마음 좀 놓고 살아보려고 하니 스무 살 자식이 갑자기 세상을 떠났다. 한치 앞을 모르는 게 인생이라고 했지만 자식 둘과 생이별을 하는 것은 한탄스럽다. 예고라도 해 주면 이별을 슬퍼하며 작별인사라도 할 수 있지 않았을까.

뒤돌아보면 아무리 힘겨워도, 다가왔던 모든 것을 다 견디고 이 악물며 버틸 수 있는 일들이었다. 허나, 자식은 아니었다. 부모보다 먼저 떠난 자식은 숨을 쉬는 것조차 참담하고 비통하게 만든다. 숨을 내쉴 때마다 심장이 비틀리는 것만 같아서 주먹으로 제 가슴을 때리는 그 심정을 어찌 헤아릴 수 있을까.

"엄마, 학교 갔다 올게."

그 말이 마지막이었다. 나간 지 삼십 분도 채 안 되어 딸이 죽었다는 연락을 받은 엄마는 내게 전화를 걸어 비명을 질렀다.

"말도 안 돼! 그 아이가 아닐 거야! 애가 죽었대! 죽었대!"

악을 쓰며 장례식장으로 달려갔을 때 늘 환했던 아이, 야무진, 엄마를 똑 닮았던 그 아이는 딱딱한 돌덩이가 되어 미동 없이 누워 있었다. 엄마는 정신을 잃었다. 그날부터 감정을 조절하는 뇌의 한 부분은 망가져버렸다.

딸의 방은 여전히 따스함이 감돌고 화장품 냄새가 가시지 않았는데, 엄마는 형체 없는 하얀 가루를 바닷물에 흘려보내야 했다. 결국 모든 걸 다 잃어버렸다. 삶에 대한 의지는 남아 있지 않았다. 고작 열세 살 된 늦둥이 아들만 남아 있을 뿐이었는데, 아들을 희망으로 버티기에는 너무 많은 것들을 잃었다.

"비니 엄마, 잊어. 부모 싫다고 먼저 가버린 아이, 잊어라. 가슴에 묻어라."

겪지 않은 사람들은 위로를 한다면서 엄마의 손을 잡았지만 잊을 수 없는 일을 잊으라 하는 그 말은 생채기만 낼 뿐이었다. 기가 막히다.

"네가 잘 살아라. 네 엄마 살리려면 네가 잘 살아라."

장례식장에서 그런 말을 수백 번 들었음에도 나는 잘 살 수 없었다.

큰 딸마저 아이만 데리고 몸만 빠져나와 이혼을 하겠다면서 몇 년을 고단한 엄마 옆에 붙어 피를 말리게 하였으니 남은 것은 그래도 살을 섞고 산 남편뿐이었다.

서로에게 위로가 되지 않았다. 피차 상처투성이로 살다보니 폐허가 된 삶을를 복구해낼 힘을 잃어버릴 수밖에 없었던 것일까.

엄마의 인생이 내 눈 앞에 끝도 없는 황량한 사막처럼 펼쳐졌다. 물도 없고, 나무도 없고, 바람 한 점 없는 사막. 무엇을 찾아 떠나야 하나. 아니, 무엇을 바라봐야 하는가. 팔자가 사납고 더럽다는 그 말에 나는 고개를 떨어뜨리며 눈물을 삼켰다.

머리가 백발이 되었다. 아직은 60대, 남들은 아직 젊다 말하는 나이였다. 그런데, 머리카락이 백발로 변한 지 십 년이 지났다. 퀭한 눈빛, 초점을 잃은 지도 오랜 시간이 지났다.

'무엇으로 삶을 지탱할 것인가?'

답을 찾기가 어려울 때, 나는 그날부터 엄마가 무슨 말을 쏟아내든 다 들어야 겠다고 생각하였다. 엄마를 품어야 겠다고 생각하였다. 평생 사랑이란 걸 받아보지 못한 엄마에게 사랑을 내놓으라고 부당거래를 하지 말아야 겠다는 생각이 들었다.

'당신에게 무엇이 있는가?'

엄마, 나의 엄마. 비록 반쪽짜리 자식들이지만 당신의 그 마음에 모자란 이 딸이 의지가 되길 바랄 뿐이다. 어린 시절엔 엄마의 욕설이 귀를 막고 싶을 정도로 듣기 싫었으나 이제는 욕이라도 듣지 않으면 마음이 놓이지 않는다. 욕을 할 힘이라도 있다는 거니까. 그저 숨이라도 쉬면서 견뎌온 엄마가 감사할 뿐이다. 그것만으로도 충분하다. 어느 날 엄마가 내 손을 잡았다.

"그때는 엄마가 몰랐어. 그저 소리만 지르고, 너를 혼자 그렇게 두고 와서 엄마가 미안하다."

나는 이제 응어리로 남아 있던 지난날의 기억들과 화해할 수 있게 되었는데, 엄마는 반대로 그날들로 돌아가 내게 미안하다고 말하고 있다.

5장

큰 따옴표 안의 말들

나는 엄마가 되어 삶의 한복판에 들어섰다.

고단한 삶 속에서 참아내는 힘과 받아들이는 힘도 커졌다.

엄마의 얼굴과 마음에 늘어난 주름은 없앨 수 없지만

시간에 기대어 사는 것은 가능하였다.

일어날 일은 일어날 뿐이다.

일상 속으로 들어온 구급차

고통스러웠던 순간들이라 해도 이미 지나간 과거의 일로 회상하게 된다는 건 일종의 축복이다. 그건 고통스럽던 시간이 지나갔다는 걸 의미하고, 현재를 살고 있다는 것. 그래서 행복이다.

아찔하다. 아득하다. 그 시절을 떠올리면 세상에 존재하는 악운이란 악운이 내게 다 붙어 있는 게 아닌지 착각이 들 정도였다. 세상 무엇과도 바꿀 수 없는 소중한 내 아이가 태어났지만 눈물 마르는 날이 없었다. 아이와 건너갈 세상은 아득하였고, 나는 이미 견딜 수 없는 상처로 쇠약해진 엄마에게 또다시 일격을 가한 딸이었다. 내가 엄마를 향해 치명적인 상처를 더했다는 자책에 침조차 삼키기 어려웠다. 가시를 삼킨 것 같은 통증으로 고통스러웠고 한순간도 편치 못했다. 하지만 버텨야 했다. 나도 엄마가 되었으니까. 엄마가 버텨낸 것처럼 나도 이겨내야 한다고 나 자신을 향해 주문을 외웠다.

딸을 잃은 엄마는 1년 중 절반은 말을 잃었으며 마치 영혼이 빠져나간 사람처럼 보였다. 이미 장례를 치렀어도 딸이 이제는 세상에 존재하는 않는다는 걸 인정하지 않았다. 엄마는 딸의 죽음을 부정하고 있었다.

몇 달 동안 둘째가 눕던 침대에서 잠을 잤으며, 그곳을 떠나려 하지 않았다. 갑자기 사라진 딸의 존재를 마음에서 지우는 것은 거의 불가능한 것처럼 보였고, 딸이 돌아올 시간이 되면 현관문만 바라보았다. 조금씩 그 마음과 머리에는 전등이 깜박거렸고, 마음은 어둠으로 뒤덮이기 시작했다. 혼자 있을 땐 불도 켜지 않은 채로 암흑 속에 홀로 누워 있었다. 잠이 들면 저절로 눈물이 새어나왔고, 허공에서 무언가를 잡기 위해 손을 휘젓기를 반복하였다. 잡혀도 잡히지 않는 딸의 옷자락이었다.

막둥이라고 슬픔이 깊지 않았을까만 그래도 막내의 존재로 엄마는 약간의 위안을 얻었다. 중학교에 입학한 막내가 없었더라면 어쩌면 줄초상을 치렀을 거라는 생각이 들었다. 엄마는 아들에게 밥상을 차려주기 위해서라도 조금씩 움직였다.

그럴 때 내가 아이를 가졌다. 갑작스러운 일이어서 많이 당황했다. 계획에 없었고, 그럴 때도 아니었다. 느닷없이 생긴 내 아이는 동생이 세상을 떠나고 1년이 채 되지 않아 내게로 왔다.

불행과 다행이 교차했다. 불행은 내가 아이를 낳자마자 지친 몸과 마음을 그대로 짊어진 채 엄마에게 왔다는 것이며, 다행인 건 둘째와 똑 닮은 내 아이를 품에 안고 엄마가 정신을 챙기고자 했다는 것이다. 신은 모든 걸 다 앗아가지는 않았다. 나도, 엄마도 첫해엔 아이의 옹알이와 자라는 모습에 위안을 얻었다. 그렇게 서로가 엄마의 늦둥이 아들과 내 아이로 인하여 삶의 상처를 회복하고 그 상처를 딛고 웃을 수 있지 않을까. 작은 희망을 가지기도 하였다. 그저 내 희망이었다.

신은 존재하는가. 신은 우리가 원하는 걸 쉽게 내어주지 않는다. 빼앗긴 존재가 너무 커서 엄마의 마음에 기꺼이 이 생을 살아가야 할 이유가 쉽게 스며들지 못했다. 엄마의 몸과 마음은 시간이 갈수록 제멋대로 들쭉날쭉하였다.

장례 미사를 치르고 몇 달 후 다시 성당을 찾았다. 엄마를 부축하고 서 있을 때, 엄마 몸이 떨리는 게 내 팔에 전해졌다. 불안하다. 십자가에 못 박혀 매달려 있는 당신의 고통도 느껴지지만 나의 고통이 짓눌려 당신을 원망하고 미워하는 마음이 생기는 것을 막을 수 없었다.

그때 엄마는 쓰러졌다. 그 뒤로 몇 년 동안 수없이 쓰러졌다. 식은땀이 소나기보다 더 많이 흘러서 옷은 흥건해졌다. 손과 발에 물기가 흥건하고, 얼굴은 노랗거나 하얗거나 둘 중에 하나였다. 다리는 뻣뻣해졌고, 입술은 비뚤어졌다.

"엄마! 엄마? 눈 좀 떠봐. 정신 차려봐. 엄마, 엄마."

혈압은 급속도로 떨어졌고, 119가 오기까지 엄마 다리를 미친 듯 주물렀다.

"제발!"

나는 울부짖었다. 그것이 시작이었다.

사람은 환경에 적응하는 동물이다. 맞다. 발작을 일으키는 엄마에게 빠르게 적응했다. 전조 증상을 빠르게 알 수 있었으며, 엄마 역시 어느 순간 찾아오는 몸의 신호에 따라 걷다가도 주저앉았다. 무엇이 엄마를 그렇게 만드는지 알지 못하였다. 그저 마음의 고통이 몸을 망가뜨리고 있다는 생각밖에 하지 못했다.

그런 시간 속에서 나는 몇 년 동안 법원을 드나들었다. 경제력이 있어야 했다. 그래야 아들을 키울 수 있었다. 열 시간, 열두 시간 아이들을 가르치며 시간을 보냈다. 그땐 그렇게라도 하지 않으면 미래를 희망할 수 없는 먹구름 자욱한 시간을 버티기도 어려웠다.

나 역시 엄마와 다르지 않았다. 절망과 불안으로 잠이 들기 위해서는 술 한잔이 필요했다. 그래도 손에 쥐고 있었던 수면제만은 입에 넣지 않았다.

아이를 낳았지만 나는 아직 엄마가 아니었다. 아들은 할머니와 더 많은 시간을 보내고 있었다. 엄마는 하늘로 떠나보낸 딸과 깜깜한 터널 속에서 헤매고 있는 다른 딸로 인한 아픔을 두 눈 반짝거리며 쳐다보는 어린 손자를 끌어안고 버텼다. 그렇게 버티다가 내가 재판기일이라도 잡혀 법원이라도 다녀오면, 견디다 못해 정신을 잃고 말았다.

일을 하면서도 계속해서 엄마에게 전화를 걸었다. 밥은 챙겨 먹었는지, 아이는 무엇을 하는지 화상통화를 하며 서로를 확인해야 했다. 전화를 받지 않으면 불길한 예감은 빗나가는 법이 없었다. 수업을 하다가 틈이라도 나면 집으로 달려가길 수십 번, 집에 뛰어 들어가면 아이는 장난감을 휘젓고 있었고, 엄마는 주방에 쓰러져 있었다.

응급실, 넌덜머리가 난다. 엄마가 눈을 뜰 때까지 손을 잡고 있는 것 말고는 할 수 있는 게 없었다.

"집에 가고 싶어."

눈을 뜨면 엄마의 첫마디는 늘 "집에 가자."였다. 엄마를 데리고 차에 태워 집으로 돌아오는 그 길이 가장 외로웠다.

수 년 동안 나는 병원을 수백 번을 드나들었다. 몸에 귀신이 붙은 것은 아닌지 의심을 하며 병원을 드나들었다. 그 몇 년이 십 년이 되었고 또 해를 거듭했다.

어느 날 신경정신과 의사는 이렇게 말했다.

"엄마를 보통 사람으로 간주하면 안 됩니다. 서로 상처가 더 깊어집니다. 다른 사람이 1의 충격을 받으면 엄마는 100의 충격을 받아들이니…."

이제는 응급실에 가지 않는다. 십 년이 지나면서 서로를 꿰뚫어보는 힘이 생겨 눈빛만 봐도 발작을 일으키게 될지 버틸 수 있을 것인지 알아차린다.

엄마가 수없이 쓰러지고도 다시 눈을 뜰 수 있던 것은 쉽게 삶을 놓지 않을 이유가 있었기 때문이다. 남아 있는 자식 둘과 하나밖에 없는 손자였다.

내 아이가 열두 살이 되었을 때 엄마의 뇌에는 혹이 더 커졌다. 칼을 댈 수 없는 악조건이었고, 스탠스로 예방이 가능하다는 건 다행이었다. 큰 수술이 아니었음에도 엄마는 깨어나지 못했다. 또 내 심장이 오그라들었다. 대기하고 있는 나를 중환자실에서 불렀다.

"엄마를 소리 내서 계속 불러주세요."

"엄마? 엄마? 내 소리 들려? 엄마!"

백 번 정도 불렀을까. 신음소리를 내며 엄마가 소리를 냈다.

"따님이 부르니 어머니 의식이 돌아오네요."

허벅지부터 몸의 절반은 피멍으로 덮였다. 소독을 하며 멍투성이 몸을 만져보자 십 년 넘게 먹은 약들로 피부는 얇아져 있었다. 사람 피부로 느껴지지 않는다. 내색하지 않았다. 며칠 동안 병실에서 티브이도 보고 노래도 부르고, 수다도 떨며 엄마와 시간을 보냈다.

사흘째 되던 날 밤, 불 꺼진 병실 창문에서 비춰지는 불빛에 나를 바라보며 엄마가 중얼거렸다.

"내가 네 년 때문에 더 가슴이 아파서…. 니 눈구멍에서 눈물 흐르는 것만 생각하면… 나 같은 것을 에미라고…."

"다신 안 봐!"

이골이 났다. 순응하는 것도, 서로에게 의지하면서 체념하는 부분도 있었다. 아픈 걸 계속 보다 보니 또 아프구나 하였고, 힘든 것도 한 두 번이지 힘을 내야 하는 마음의 강도 역시 약해지고 있었다.

몇 달이면 끝날 거라고 기대했던 이혼소송은 지독한 인연이었는지 쉽게 마무리되지 않았다. 헤어져서는 안 되는 사람과는 작별인사도 없는 별리로 상처를 남겼고, 헤어지고 싶은 사람과는 마음대로 연을 끊어낼 수 없었다. 그것을 끊어내기 위해 인간이 도달할 수 있는 가장 밑바닥까지 떨어져 상처를 더 깊게 내고 있었다. 이혼소송은 1년이 지나고, 2년이 지나고, 3년을 채웠다.

걱정과 불안은 때로 분노와 슬픔으로 몸을 바꿔 엄마와 나는 서로를 할퀴었다. 자식이 죽은 것도 미쳐버릴 삶인데, 또 다른 자식은 홀로 새끼를 먹여 살리기 위해 고군분투하고 있었으니 엄마도 지옥에서 살고 있었다.

싱글맘이 된 나는 엄마 역할에 서툴렀다. 아이 엄마의 엄마가 자식의 자식을 키웠다. 싱글맘으로 자식를 키우기 위해 애쓰는 나를 보며 엄마는 마음이 아팠겠지만 그래도 동생이 하늘로 먼저 가버리지 않았다면, 어쩌면 보통 사람들의 삶처럼 굴러가고 있지 않았을까. 돌아올 수 없는 동생을 탓하며 그 상황을 견디기도 하였다.

삶에 지치고 동시에 울화가 치밀어 오르면 엄마는 가두고 가둬 두었던 울분이 폭발했다. 슬픔과 지난했던 세월에 대한 슬픔은 가슴에 한으로 맺혔다. 몸도 마음도 말라비틀어지고 있었다.

사라져버린 존재에 대한 의미 없는 기다림은 다가오는 시간도 부질없게 만들었다. 동생을 보내고 난 뒤 서로를 마주하며 인사를 나누고 헤어질 수 있는 죽음도 복이라는 걸 알게 되었다. 준비 없는 헤어짐은 살아 있는 자를 고통 속으로 몰아넣었다. 백 년이 지나고 천 년이 지난다 해도 부모 가슴에 살아 움직이는 그 아이의 존재를 희미하게 만드는 것은 불가능의 영역이었다.

밤마다 옆에서 잠든 내 아이를 바라보며 다른 하루를 꿈꾸기도 하였다. 하늘은 무심하였다. 이제 그 시간에 적응이 될 무렵이기도 하였지만 힘겨움은 절정에 다다랐다.

그런 와중에 공부방을 이전하여 좀 더 큰 아파트로 이사를 했다. 일이 끝나니 목소리가 갈라져 나오지 않았다. 집에 들어가 아이를 보고, 엄마의 눈치를 봐야 하는 일이 남았다. 그래도 엄마밖에 없었다. 그래도 나를 버티게 하는 건 그런 엄마가 있어서 가능했다. 스스로 몸을 가누기도 힘들 만큼 지쳐버린 날이거나 동생이 떠난 계절, 늦가을 찬바람이 불기 시작하면 가슴이 들끓어 올랐다. 더 빈번하게.

몸이 부서질 것처럼 고통스러워서 견디기 어려웠던 어느 날 엄마가 내게 소리를 질렀다.

"지겨워. 언제까지 내가 이렇게 살아야 해. 자식이 원수야, 원수. 나 사는 게 아주 배가 아파서 다 이러지. 죽어버려야 이 꼴을 안 보지."

분노와 설움과 한이 뒤섞이면 사람은 미쳐버린다. 이제 내가 미쳤다.

엄마의 입에서 쏟아져 나오는 말을 듣고 있던 그날, 나는 엄마를 향해 더 큰 소리로 악을 썼다. 울부짖었다.

"죽어버린다고? 나는 안 죽고 싶은지 알아? 나는 사는 게 즐거운 것 같아? 원수라고? 내가 원수야? 엄마 사는 게 배가 아파서 내가 엄마를 괴롭혀? 말이면 다야? 안 보고 살면 되지. 내가 떠나면 되잖아. 죽든지 말든지!"

토해내듯 내 마음대로 지껄였다. 미쳐 버린 마음은 미친 말을 쏟아내고 말았다.

"그래, 다 나가버려. 사라져. 다신 내 눈앞에 나타나지 마!"

"그래? 어! 알았어. 나도 다시는 안 봐. 이제 그만 괴롭힐게. 알았어. 안 보면 되잖아!"

주워 담지 못할 말을 쏟아내고 한참을 얼어붙어 서 있었다.

내가 선택한 삶이었고, 선택한 것에 대한 대가를 치르고 책임을 져야 했다. 기껏 선택한 삶이라는 게 엄마에게 의지하는 것이었으니 서로에게 올가미가 될 수밖에 없었다.

그날 집을 나왔다. 당장 입힐 아이 옷만 챙겨서 아들을 데리고 나왔다. 어리석은 짓을 하고 있다. 잘 헤어지는 것도 복이라고 해놓고선, 나는 삶에서 최악으로 헤어지는 방법을 선택하고 있었다. 어린이집에 다니고 있던 아이는 무슨 일인지 알 턱이 없었다. 담담했다. 이제 독립을 할 시기가 왔다.

세탁기, 티브이, 전자레인지, 장롱, 침대 그리고 식탁을 샀다. 돈이 여유 있지 않으니 눈에 보기 좋은 것은 구경만 하고 적당한 것으로 채웠다. 이제 몇 달만 있으면 넌덜머리나는 이혼소송도 종결될 터였다. 조금만 버티면 되었다.

공부방도 부동산에 내놨다. 떠날 작정을 하니 마음은 차갑게 식어서 냉기만 감돌았다. 이사를 했다. 일단 그 동네를 벗어나자 싶었다. 아이도 곧 학교를 가게 될 터였다. 아이와 둘이 잘 살 수 있을 거라고 스스로 응원했다. 나를 믿었다. 더 이상 엄마에게 시련을 주고 싶지 않다고 스스로 위로했다. 아니 더 이상 엄마의 한 맺힌 말도 듣고 싶지 않았다.

'엄마 병원은 어떡하지? 아프면 어떡하지? 응급실에 가게 되면? 집에서 혼자 쓰러지기라도 하면 어쩌지?'

걱정과 물음표는 꼬리를 물고 이어졌지만 이삿날을 잡았다. 이제 대학생이 된 남동생이 있었다. 내가 없어도 운전면허를 딴 남동생이 그 자리를 채우면 될 터였다. 불행 중 다행이었다. 떠날 준비가 끝났다. 나만….

아이는 할머니와 헤어질 준비가 되어 있지 않았다. 나는 엄마가 내게 했던 짓을 똑같이 따라 하고 있었다. 아무 설명도 해 주지 않았다.

"엄마가 여기 더 있으면 안 될 것 같아. 이제는 엄마랑 다른 데 가서 둘이서 살자."

아이는 울음을 터뜨렸다. 나도 울음이 터졌다. 눈물샘은 마르지도 않았다. 울면서 사는 것도 지겹고, 이골이 났다. 이를 악물었다. 울지 않아야 한다고 스스로 다잡았다.

그래도 인사는 해야 겠다 싶었다. 엄마 집 현관문 비밀번호를 누르고 들어갔다. 한두 달 정도 공백이 거기에 있었다. 시간은 지체하는 법이 없었다.

"엄마…."

대답이 없다. 서로는 이미 절벽 끝에서 등을 보이고 말았다.

그렇게 나는 엄마와 연락을 끊었다. 전화를 걸어도 엄마는 받지 않았다. 아이는 할머니와 생이별을 하고 일주일에 5일을 울었다. 힘겹다, 참.

'나는 무엇이 있는가? 나는 무엇이 없는가?'

가끔 나 자신에게 던졌던 질문이다. 있는 것을 떠올리면 버거웠고, 없는 것을 떠올리면 서글픈 것, 가족이었다. 그럼에도 내게 있는 자식은 삶을 견디게 하는 유일한 존재라면, 나를 버티게 하는 건 엄마라는 존재였다. 서로를 등지고 남처럼 살았던 시간을 계속할 수 없었다. 나는 백기를 들었다.

하루가 1년 같았고, 1년이 10년 같았다.

다시 집을 내놓았다. 내 인생은 내가 알아서 살아가야 했음에도, 인생은 스스로 책임지는 것이라 했음에도 소용이 없다. 엄마 가까이에 있고 싶다. 지금은.

"감정조절 능력이 파괴되었어요."

봄날이다. 새싹이 돋고, 꽃이 핀다. 봄엔 무엇이든 시작하게 되는 계절이다. 충만한 의지와 삶의 희망을 무한대로 끌어올리는 계절이다. 꽃샘추위에 옷깃을 여미면서도 마음의 문을 활짝 열게 되는 시간, 내 마음의 빗장은 열어두지 않았다. 꽃을 보는 것이 싫었다. 나의 삶은 피기도 전에 시들었다는 생각이 들었다. 봄이 힘겨웠다.

여름날, 싱그런 초록 잎들에 뜨거운 햇살…. 얇아진 옷에 몸의 에너지도 절정이다. 사람들은 바다로, 계곡으로 뜨거운 햇빛을 피하며 여름을 즐겼다. 나는 뜨겁다는 햇볕이 조금 따뜻한 정도다. 열두 달 중 열 달을 한기에 떨었으니 여름이 차라리 나았다. 딱 7월 중순이 넘어서야 온수매트를 껐고, 8월이 채 끝나기도 전 25일 정도가 되면 다시 온수매트를 켰다. 온도를 최대로 올려야 잠이 들었다. 몸과 마음은 엇박자가 되어 계절을 거꾸로 나는 느낌도 들었다.

가을날, 찬바람에 우수수 떨어지는 낙엽을 보며 서글픈 마음은 더 커진다. 노란 은행잎과 붉은 단풍잎을 눈에 담을 정도의 여유로운 마음은 사라진 지 오래다. 깜깜한 밤이 마음에 안정을 줄 뿐 '아름답다'는 생각이 들지 않았다. 하필, 모든 것을 맺는다는 그 결실의 계절, 가을 어느 날에 나는 혼자 아이를 낳았다. 뒤늦은 가을장마가 찾아온 듯 비바람이 회오리치면 문짝이 떨어져 나갈 정도로 마음이 뒤흔들리기도 하였다.

겨울, 동생이 하늘로 간 달은 11월이었고, 생일은 12월. 아무리 옷을 껴입어도 춥기만 한 겨울 날씨가 고통스러운 상처를 겨우 견디고 있는 이들을 더욱 세차게 몰아쳤다. 새해가 되어도 희망을 갖지 않게 되었다.

시간에 기대어 사는 것인지, 시간에 이끌려 사는지 구분되지 않았다. 나도 그 시간들을 견디면서 감정이 죽어갔다. 시간이 되면 엄마는 수면제를 로봇처럼 입에 털어넣었고, 아침에는 자식에게 피해를 줄까봐 안정제를 먹었다. 그런 노력이 날마다 이어졌지만 소용없는 날도 허다했다.

엄마는 죽은 딸과 이혼한 딸이 안겨준 상처를 이겨내기 힘겨워 스스로를 더 힘겹게 만들었다. 슬픔이 분노로 바뀌었고, 더 아픈 가시가 되어 상대를 찔러야 분노가 사그라 들었다. 내가 엄마와 등을 돌린 이유도 엄마의 불 같은 감정을 더 이상 감당할 여력이 소멸되었기 때문이었다.

사람들은 죽은 딸은 잊으라 하였지만 그런 위로는 엄마를 더 사납게 만들었다.

"어떻게 잊어! 남의 일이라고 말이면 다야!"

엄마의 감정 변화는 예고가 없었다. 환청을 들었고, 욕설을 퍼붓고, 소리를 질렀다. 나는 그것을 병이라고 생각하지 못했다. 미련하기 짝이 없다. 엄마와 엎치락뒤치락하며 서로를 의지하며, 미워하며 사는 날만 쌓였다.

병원에 가기 이틀 전이면 화장실을 들락날락하는 횟수가 세 배가 넘어갔으며, 손발은 땀으로 젖었다. 몇 년 동안 바람을 쐬러 나가보자는 말을 수백 번은 한 듯한데, 거절도 수백 번 당했다.

"귀찮아. 사람들 많은 데 싫어."

상처를 끌어안고 살았던 십 년 동안 기껏 나가는 곳은 동네 목욕탕이 전부였다. 목욕탕이라도 있었으니 다행이다 싶다.

겨울은 지옥 같은 계절이었다. 온도가 영하로 떨어지면 엄마의 마음은 더 얼어붙었다. 시간이 갈수록 대인기피증도 심해졌다. 때때로 백화점이나 시장에 들르는 날이 있었지만 손가락에 꼽았다. 그래도 병원에 다녀오면 긴장이 풀려 한걸음 내딛기가 수월했다.

"애들 먹을 것 사서 들어가자."

한 달에 한 번, 병원에 다녀오는 날이 장보는 날이 되었다. 그런 날은 평범한 엄마의 모습이었다. 카트에 과일이며 고기를 잔뜩 담았다. 자식과 손자 먹일 생각에 몸을 움직일 수 있는 여력이 생기면 목소리 톤이 다른 날과 달랐다. 고마운 날이었다.

그런 일상을 고마워했어야 하는데, 어느 날 욕심이 불거져서 엄마에게 밖에 나가자고 졸라댔다. 엄마는 동생 기일과 생일을 보내며 이불을 뒤집어쓰고 누워 있었다.

"엄마, 바람 쐬러 나가자."

"엄마는 자신 없는데…."

"괜찮을 거야."

사람들이 많은 곳이 싫다는 엄마를 설득해서 나갔으나 엄마는 수많은 사람을 보고는 금세 어지러움증을 호소했고, 구토를 하며 의식을 잃었다. 또 다시 응급실로 직행했다.

나는 엄마도 잃어버릴까 봐 겁에 질렸다. 싫다는 엄마의 말을 들었어야 했다. 엄마의 컨디션에 따라 움직여야 겠다고 다짐하며 그날부터 절대 엄마에게 먼저 나가자는 소리를 하지 않았다. 엄마의 말에만 움직였다. 그곳이 시장이든, 병원이든, 목욕탕이든 상관없었다.

엄마의 뇌 사진을 찍었다. 수면제와 신경 안정제 등 알약의 개수는 세월이 가도 줄어들지 않았고, 꼬박꼬박 잘 먹었다. 소용 없었나 보다.

사고가 난 후 엄마의 뇌 사진을 곧바로 찍지 못했다. 그럴 생각은 그 누구도 못하였다. 그런데 엄마의 뇌는 보통 사람과 달랐다. 의사는 내게 차분한 목소리로 설명했다.

"어머니의 감정처리는 보통 사람과 다릅니다. 조절 능력이 약

합니다. 이 부분 보이시죠? 충격으로 신경이 눌린 건데, 지금 따님이 하실 수 있는 일은 좋지 않은 말이나 상황이 엄마에게 전달이 되지 않도록 하는 게 최선입니다."

모든 일이 엄마에게는 지진보다 더한 천재지변이었다.

어쩌면 태어나는 순간부터 행복이라는 단어는 엄마한테 존재하지 않았을지도 모른다. 그 시간을 뒤로 하고 살아온 시간은 엄마에게 어느 것도 보상해주지 않았다. 상처가 난 자리에 또 다른 상처가 들어왔고, 그 상처가 난 자리에 더 깊은 상처가 다시 들어왔다.

계절을 느끼는 감정은 사치였다. 감정은 파괴되었다.

"너무 예쁘지 않아? 저기 낙엽좀 봐. 어쩜 저렇게 곱게 물이 들었을까. 아름다운 계절이야."

"저 나뭇잎 색이 언제부터 저랬을까요? 저는 처음 보네요."

어디가 아름답다는 것인지. 내 눈에는 그저 나뒹구는 나뭇잎만 보일 뿐이다.

"감정이 죽었구나. 쯔쯧, 아직도 살아갈 날이 구 만 리인데, 왜 자기를 이렇게 홀대하나…. 그럼 못써."

이상한 대화다. 동네 어느 선생님의 노랗고 붉은 가을 단풍이 아름답다는 말에 나는 몇 년 동안 계절을 느끼지 못하고 시계만 보고 살고 있었음을 깨달았다. 나도 한순간에 감정을 잃었다. 감정이 메말라서 아름다운 것을 보지 못하고 느끼지 못하던 때, 내 아이는 눈에 보이는 모든 것을 느끼고 표현하고 있었다.

"엄마, 예쁘지. 이 꽃 좀 봐."

아이는 내 손을 잡고 걷다가 길가에 구부리고 앉아, 나를 멈추게 한다. 손가락 길이보다 짧은 들꽃들, 작은 꽃을 발견하고 가까이에서 따뜻한 눈빛으로 바라보는 아이를 통해 내 감정이 죽어 있다는 걸 느꼈다.

사실, 엄마는 꽃과 초록 식물을 좋아하는 사람이다. 그렇게나 이사를 다니면서도 초록 화분만큼은 포기하지 않았던 엄마였다. 꽃에 물을 주면서 무슨 생각을 했는지는 알 길이 없다. 팍팍하고 돈에 찌든 삶을 살면서 그래도 좋은 일을 기대하며 삶을 기대했을 거라고 상상한다.

꽃을 기르며 삶의 희망을 놓지 않았을 것이라고 믿는 이유가 있다. 엄마는 십 년 넘는 세월 동안 긴 암흑의 터널을 빠져 나오며 다시 식물을 기르기 시작하였는데, 행운목에 꽃이 피는 걸 보면 감격한 나머지 이런 말을 했으니.

"딸, 행운목에 꽃이 폈어. 향기가 온 집에 다 퍼져서, 우리 집에 좋은 일이 있을 거야."

엄마는 다시 삶을 살고 있다. 감정을 살려내고 있다.

“허망한 인생, 이제는”

악이 받치면 무슨 말이든 내뱉어야 숨을 쉴 수 있었다. 그럴 바엔 차라리 죽는 것이 편할 수도 있는 삶이었다. 한 사람은 가슴에 가둬둔 것들을 때때로 흘려보내지 못해 고이고 썩어서 역겨운 냄새가 풍겼고, 또 한 사람은 고여 있는 감정을 한꺼번에 폭발시켜 자기 스스로를 할퀴고 상처를 덧나게 했다. 누구도 정상이 아니었다. 그런 세월을 몇 바퀴나 돌았다. 돌다 보니 서로를 바라보게 되고, 돌다 보니 그 세월을 붙잡고 있던 손아귀에 힘이 빠지고 있었다.

또 계절은 돌고 돌았다. 봄이 되고, 여름이 오고, 가을을 지나 다시 겨울 그리고 새로운 봄이 왔다.

“뒤도 한 번 안 돌아보고 잘도 가는구나.”

나는 자주 내게 질문을 던졌다.

‘무엇을 위해 사는가? 무엇을 위해 이 삶을 견딜 것인가? 무엇을 위해 이제 내가 살 것인가?

헛헛하고, 아무리 살아도 채워지지 않는 덧없음이며 허망한 느낌이 훅 몰아치면 나는 그나마 의미를 찾기 위해 나를 몰아쳤다. 마음에 순간순간 틈이라도 생기면 조금이라도 우울증이나 조바심이 들어찰까봐 필사적으로 막았다.

다시 깊고 짙은 가을이 찾아왔다. 흩날리는 낙엽은 꽤 묵직하고 스산한 분위기를 자아냈지만 떨어져 있는 낙엽은 꼭 제 할 일을 다하고 나뒹구는 것 같아 서글퍼졌다. 생각도 습관이고, 감정도 습관이었다. 달력 한 장만 넘겨도 모든 것은 그대로 툭 튀어 올라왔다.

십 년을 넘게 원망하고 서글퍼하였으니 지겹고 넌덜머리 날 수 있는 감정일 수도 있었다. 곡식이 영그는 맺음의 계절이라 했건만 11월은 허허벌판의 민낯을 드러내고 있으며 여름날 짙고 푸르렀던 나무는 이제 앙상한 가지만을 드러낼 차례다. 앙상한 가지가 내 감정의 핑계가 되었으니 고맙기도 하였다.

우울해도 괜찮고, 아니어도 괜찮다. 물론 굳이 이 단어를 쓰는 것에 더 이상 두려움도 없다. 살다 보니 감정을 처리하는 능력은 수우미양가에서 '수'또는 '우'를 받을 자신이 생겼으니 말이다. 다만 드러내려고 애쓰지 않는다. 애써 마음에 드리운 먹구름을 드러내고 싶지 않았던 쓸데없는 자존심의 작용이 있을지도 모르겠다.

"엄마, 어디 가고 싶어? 더 추워지기 전에 어디 잠깐이라도 다녀오자."

세월이 십 년을 훌쩍 지나, 빈자리를 그대로 둔 채로 서로를 바라보는 시간이 꽤 익숙해져 있던 어느 날, 나는 엄마와 아들 그리고 동생과 함께 삼천포를 갔다.

몇 년 만에 그곳을 찾았다. 누구도 그곳을 기쁜 마음으로 대면할 자신이 있는 사람은 없었다. 다만 고통스러운 곳으로 힘을 내서 들어갈 때 비로소 상처가 회복될 수 있다는 걸 한참을 살고 나서야 알았을 뿐이다.

강물에 흘려보낸 그곳엔 흔적이 남아 있을 리가 없었다. 여전히 그곳의 물길은 고요했다. 나는 돌고 돌아 흐르는 바다를 바라볼 뿐이다. 그저 이곳에서는 처절하게 슬픈 기억뿐이었다.

"잘 있지? 그 곳에서 훨훨 날아다니고 있지?"

나는 소리 없는 눈물로 귀퉁이에 서서 혼잣말로 안부를 전했다. 엄마는 주저앉았다. 서 있을 힘은 없다. 다리가 후들거리니 손자가 옆에서 할머니 손을 꼭 붙잡고 있다.

엄마는 꽃 한 송이를 물 위에 놓았다. 더 이상 슬픈 곡을 하지 않았다. 세월의 힘이었다.

"이제 와서 엄마가 미안해."

한마디 내놓으며 한숨만 깊게 내쉬었다. 각자의 방식으로 슬픔을 마주하다 보면, 그 슬픔은 강도가 얕아지기도 하였다. 주저앉아 있던 엄마가 일어나려고 하다가 순간 휘청한다. 어느덧 훌쩍 큰 내 아들이 할머니의 손을 꼭 붙잡았다.

"우리 새끼 없었으면 이 할미가 어찌 살았을꼬."

사람들은 다 잊으라고 하였다. 잊어야 살 수 있다고 하였다. 잊을 수가 없는 일이었다. 잊을 수 없는 일을 자꾸 잊으라고 하니 가슴에 불이 났으며, 그 위로의 말에 화만 쌓였다. 체념한 지도 오래다. 영혼 없는 대답만 했다.

"네, 잊어야죠."

사는 것이 허망한 것은 맞았다. 악착같이 살아남아, 잘 살고 싶었던 엄마는 무엇을 위해 살아야 할지 가야 할 방향을 잃었다. 상실의 시대를 살고 있던 엄마가 하나 있는 아들과, 하나 있는 손자와, 하나 남은 딸의 존재를 자각했다는 것은 기적이었다.

대부분 떠오르는 해와 지는 해를 생각하며 하루를 감사하였다. 내가 사는 이 삶에 대해 감사하였다.

11월은 죽은 이를 위로하는 거룩한 달이기에 삶과 죽음에 대해 생각해보는 의미 있는 달이라고 말씀하시는 신부님의 한 문장에 나는 차갑던 가슴에 갑자기 라이터에 불이 켜지는 느낌이 들었다. 그순간 10월 31일 할로윈데이도 죽음과 대면함으로써 죽음을 극복하기 위한 축제가 아닐까 하는 생각이 빠르게 스쳐 지나갔다.

망각하지 않았다. 내게 11월엔 여전히 아픈 달이다. 매년 기일이 돌아와도 그 누구도 입 밖으로 서로 아는 체를 하지 않았다. 살아남은 이들의 고통이었고, 마음은 비뚤어지기도 하여 흩날리는 낙엽이 하나도 예쁘게 보이지 않았다.

그 마음을 내던지고 보통 사람의 마음을 가지기까지 얼마나 많은 시간을 돌고 돌았던가. 여기서 보통 사람의 마음을 가진다는 것은 인간이 살아가면서 느끼는 슬프고 기쁘고, 희망을 가지고, 비뚤어진 마음을 바로잡는 마음의 딱 그 정도, 정답 같은 감정의 소유를 말한다. 종교인 같은, 혹은 무한 봉사를 하는 마음이 큰 사람 같은 그런 사람은 아니라는 말이다.

보통 사람으로 돌아오기까지 그 시간은 곰이 사람이 되었던 것보다 더 영겁의 시간을 견딘 듯하다. 그 이후 감사의 연습을 간간히 했다.

꽃이 피어도 아름답지 않고, 꽃이 져도 슬프지 않던 마음에 감정이 살아나기 시작했다. 깊은 새벽, 잠을 이룰 수가 없었다. 눈을 감은 채 밤을 지새웠다. 가슴이 먹먹한 채 나는 감사하다는 생각을 하고 있다.

일 년 열두 달 중에 하필 11월이 아니었다. 어여쁜 동생은 그 누구보다 죽은 이를 많이 기억하라는 11월에 망자가 되었으니 어찌 감사하지 않겠는가.

죽을 것을 기억하라고 했다. 아파하지 말고, 현재 내 앞에 놓인 이 삶을 굳건히 지키며 살아가려는 이 마음을 지켜내고 이겨내는 것이 인생일 것이다. 살다가 죽을 것이고, 죽을 것 같아도 살아지는 것이 삶이었다. 그 순간으로서 삶의 의미는 덧없지 않다. 허망하지 않다.

불행과 행복은 교차한다. 어떤 것도 영원하지 않았다. 조용하게 지나가는, 아무것도 없는 달인 것 같지만 어쩌면 그 속에서 다시 살아갈 의미를 찾고 또 다른 삶의 시작을 알려주는 날들로 가득 차 있는 달은 11월이었다.

누군가는 잊으라 하였지만 잊어서는 안 될 일이었다. 다 잊어도 가족은 기억해야 했다. 기억해서 괴로운 것이 아니라, 기억함으로써 우리가 살 수 있는 일임을 이제야 깨달았다. 멈춰서서 굳어 있던 시간이 풀렸다.

엄마는 전에 내게 말했다.

"허망한 인생, 다 부질없다."

엄마는 현재, 내게 말한다.

"이제는 너희들을 보며 살게."

엄마는 허망한 인생을 보내고, 기도를 시작했다.

6장

내 아들, 내 동생

사람을 존재하게 하는 것은 내 곁에 있는 사람들이었다.

그 삶의 울타리가 때때로 숨을 막히게 하더라도

그것이 나를 살게 하는 일이다.

행복은 관계의 이어짐에서 오는 것이다.

싱글맘의 삶

"엄마! 나 보러오면 안 돼요?"

매주 금요일마다 꼬박꼬박 보다가 한 주를 걸러야 할 상황이 되었다. 나도 토요일 교육이 있고, 이 녀석도 이번 주에는 학교에 있겠다고 선언했기에 마음을 놓았다.

토요일, 교육 중에 전화가 걸려온다. 받을 수가 없다. "거절" 버튼을 슬라이드로 훅- 밀어버리는데, 마음이 울렁거린다. 쉬는 시간이 되자마자 전화를 걸었다.

"미안해. 엄마 강의 듣고 있어서 못 받았어. 저녁은 먹었어?"

"엄마! 내일 일 끝나고 나 보러오면 안 돼요?"

일이 밀려 있다. 며칠 잠을 이루지 못했다. 몸이 천근만근이다. 그게 무슨 대수인가. 자식이 우선이 되면 모든 것은 자연스레 뒤로 밀린다. 자식에게 목숨 걸지 말라고 하지만 목숨을 거는 게 아닌 내 책임과 의무를 다할 뿐이었다. 오로지 서로를 지탱하는 유일한 존재임을 자각하는 순간이다.

나는 내 아이 때문에, 덕분에 내 삶을 지탱하였다.

누군가 싱글맘의 삶에 대해 묻는다면, 내 대답은 단호하다. 고통스럽다. 고통을 부정할 수 없으나 그래도 살아볼 만하고 살아낼 수 있다.

처음부터 엄마 역할을 잘한 것은 아니었다. 아이가 서툰 걸음에 넘어지고, 물잔을 엎지르며 숟가락을 들고 밥을 먹기 위해 애를 쓴 것처럼 나도 모든 것이 서툴러 후회하고 또 후회하면서 엄마가 되어가는 시행착오를 반복했다.

나 역시 삶에 허덕였다. 편안하게 숨을 쉬고 싶고, 두근거리는 심장을 잠재우고 잠이 들고 싶었다. 수저를 들고 떨리는 손으로 밥을 먹고 싶지 않았다. 내가 원한 것은 인간의 가장 기본적인 권리, 의식주였다. 숨을 쉬고, 제대로 밥을 먹고, 편히 잠을 잘 수 있다면 나는 잘 살 수 있을 거라고 믿었다.

엄마의 삶이 무엇인지 몰랐다. 그래서 용기 있게 내린 결정이었다. 무모한 용기로 몇 년에 걸쳐 이루어진 소송을 통해 이혼은 할 수 있었지만 엄마가 되어 시작한 삶은 처참했다.

넘어야 하는 그 언덕이 인생의 가장 높은 산인 줄 착각을 한 대가였다. 엄마가 되어 넘어가는 그 언덕은 언덕도, 산도 아니었으며, 울퉁불퉁한 길바닥을 맨발로 걷는 느낌이었다.

자식을 홀로 키워내야 한다는 것은 고난이었다. 순간 순간 마음이 아려오는 현상은 실제로 심장의 통증을 일으켰다. 편히 잠들 수 있으리라고 기대했던 삶은 이제 곤히 잠든 내 아이의 숨소리에도 마음이 아파 잠을 이루지 못했다.

온몸에 열이 들끓어도 내 잘못이었고, 아이와 먹고살고자 일하는 것도 아이를 외롭게 만드는 지름길이 되었다. 일에 치여 자신에게 시선을 두지 못하니 엄마가 옆에 머물러도 엄마가 고팠다. 나를 찾는 아이에게 오히려 나의 엄마가 내게 소리를 질렀던 것처럼 나는 아이에게 버럭버럭 고함을 치기도 하였다.

"엄마 일하는 거 안 보여? 먼저 자면 안 돼? 엄마도 지치잖아."

"어떻게 하고 싶은 걸 다 하겠어. 엄마가 그 정도로 모든 것을 다 해줄 수 있는 능력이 되진 않아."

"그렇게 네 멋대로 할 거면 엄마랑 살지 마. 내가 이 꼴 보려고 이 짓을 하며 사는 줄 알아!"

사는 일에 이리저리 치인다는 것은 시간과 돈에 쫓기고 있다는 것이었고, 무엇보다 혼자서 모든 것을 다 감당해내야 하는 상황은 아이에게 혼란을 불러왔다.

엄마는 엄마 역할도, 아빠 역할도, 선생님 역할도 하여 도대체 아이에게 엄마의 정체가 무엇인지 알 수 없게 만들기도 했다. 아이의 마음에 혼란과 서러움만 가중시켰다. 숱한 엎어짐과, 자식에 대한 깊은 통증은 나를 다시 살도록 채찍질하였다.

초등학생이 되자 아이는 자신에게 없는 아빠의 존재에 대해 상처를 입기 시작했다. 그런 느낌을 갖게 하지 않으려고 내가 할 수 있는 모든 여력을 다했지만, 상처 난 자리에는 고름이 생겨 진물이 나기도 하였다. 찢어지는 가슴을 밤새 움켜잡고 있다가 냉정해진다.

"너에게 아빠가 없다면, 내게는 남편이 없어. 없는 것에 집중하면 있는 것을 놓치고 살아. 엄마는 네가 있어서 살 수 있는 걸. 엄마는 최선을 다해 너를 키울 거야."

아이와 여행을 한다. 해마다 제주도를 가고, 산에 오르고, 공원을 거닐며 자연을 느끼려고 했다. 계절을 마주하지 못하고, 바람과 꽃이 피고 지는 것에 무감각해진 나는 내게 있는 아들에게 감사하며 부족한 것을 채우고, 실수한 것을 바로잡으며 엄마가 되려고 노력하였다.

"엄마, 나는 나를 위해 모든 걸 다 하는 엄마가 있고, 나를 가장 사랑하는 할머니가 있고, 나와 가장 잘 놀아주는 삼촌이 있어서 나는 행복한 사람이야."

애잔하고, 안타까운 현실을 사랑과 당당함으로 바꾸기 위해 홀로 버텨왔던 삶이 힘을 내기 시작했다. 더 이상 쓰러지지 않았고, 더 이상 눈물로 밤을 지새우지도 않는다.

엄마는 엄마로 하루하루를 살면서 엄마가 되는 것이었다.

"엄마! 내일 나 보러 와?"

"응, 알았어. 갈게. 저녁 시간 잘 보내고 내일 만나!"

일요일 아침이다. 지난밤 집에 들어온 시간은 밤 12시가 넘었다. 하루가 길었다.

아침부터 다시 일을 하고 점심 무렵에 일을 중단했다. 아이한테 가야 한다. 한 시간 쯤 고속도로를 달렸을까. 전화가 온다.

"엄마! 오고 있어요? 언제 도착해?"

"응~ 가고 있어. 2시 20분에 도착이야."

시계는 1시 40분을 가리키고 있다. 눈 빠지게 기다리고 있을 아이 생각에 바람이라도 세차게 불어 차 뒤를 좀 밀어줬으면 좋겠다. 그럼 속도 카메라가 봐줄지도. 가끔 이렇게 엉뚱한 생각을 한다.

"이 녀석아, 다음 주에 보자고 하더니 그 사이 마음에 바람이 불었어?"

씨익 웃는다.

"엄마! 나 배고파!"

"엄마가 니 밥줄이야?"

"그럼~ 우리 엄마가 내 밥줄이지!"

그래, 너는 내게 생명줄이다. 근처 초밥집에 가서 연어 초밥을 잔뜩 먹고 카페로 향했다.

20분만 운전하면 바다가 있다. 방향을 조금만 틀어보자 싶다. 노래를 들으며 한 주 있었던 얘기를 한다.

반 친구에게 빨강색 옷이 참 잘 어울린다고 말해줬더니 너무 좋아하면서 빨간색 티를 입고 나왔다고 한다. 친구의 자존감을 자기가 올려줬다고.

"엄마. 잘난 척과 자신감이 무슨 차이인 줄 알아요? 엄마, 자뻑과 배려심이 뭔지 알아요?"

"아니~ 뭔데?"

"내가 거울을 보면서 이야~ 너 참 잘 생겼다!! 이렇게 말하면 멋대가리 없는 자뻑이고, 이 정도면 상대방에게 혐오감은 안 주겠지? 좋은 느낌을 줄 수 있겠지? 이렇게 말하면 배려심이 되는 거야!"

"그래? 어떻게 그런 생각을 했어?"

"내가 책을 봤는데, 말과 생각을 어떻게 하느냐에 따라서 엄청 차이가 나더라구요. 그래서 배려심 있는 내가 되려고요."

웃음이 난다, 자신감이 공중으로 치솟는 이 녀석의 말에. 순간 진한 푸른 빛 바다가 펼쳐졌다.

"바다야!"

고개를 창 쪽으로 돌리더니 탄성이 절로 나온다. 창문을 열었다. 바람이 먼저 아는 체한다. 바람 부딪치는 소리에 정신이 번뜩한다. 바다가 환하게 보이는 바로 앞에 자리 잡은 작은 카페에 들어갔다.

통유리창을 활짝 열어 둔 카페는 바람이 한없이 자유롭게 드나들고 있다. 멋지다. 뜨거운 아메리카노, 차가운 밀크티와 하얀 우유, 케이크 한 조각을 시켜서 2층으로 올라갔다. 햇살 내리쬐는 날에만 이곳이 허락될 듯한 광경이다. 지붕이 없다. 가벼운 천막 하나로 햇살을 절반 정도 막았을 뿐, 사방팔방이 바람벽이다.

10월 중순에 가까워졌다. 바람이 차갑다. 그래도 매섭지 않은 바람이니 바람 부딪치는 소리가 꽤 낭만적이다. 이제는 가을이 되어도 마음이 아프지 않다. 아픈 순간이 오더라도 담대하다.

바람 소리가 음악이다. 바람 부딪치는 소리가 일상의 벽을 허물고 있다. 아이와 내 손에는 책이 들려 있다.

바람 소리를 들으며, 푸른 바다를 떠가는 통통배와 갈매기를 흘깃거리며 책장을 넘긴다. 잠깐 몇 페이지를 넘겼을 뿐이다. 평일과 주말을 빠듯하게 보냈다. 몸은 지쳤고, 피곤이 쌓여 일이 끝나면 낮잠이라도 잘 생각이었다.

이 녀석의 한마디는 나의 모든 것을 밀어 제치는 위대한 힘이 있다. 책장을 넘기는 아들 녀석 옆모습에 나는 평온하다.

"지난 주에 읽은 책 재밌었어?"

아이는 《기억전달자》라는 책을 읽었다.

"엄마, 똑같은 규칙으로 똑같은 행동을 하며 사는 것은 참 잔인한 것 같아요."

아이는 읽은 책의 내용을 이야기해준다. 아이와 눈을 마주한다. 최대한 자세히 바라봐야 한다.

꽤 찬바람을 맞았나 보다. 추워졌다. 시계를 보니 5시가 훌쩍 넘었다. 가야 할 시간이다.

반짝거리는 햇빛에 바다가 빛난다. 금가루를 뿌려도 그렇게 빛나지는 않을 것 같다.

"우리 일요일 오후 너무 멋지게 보냈다. 그치?"

손을 잡고 카페를 나왔다. 차를 타기 전 아이는 바다를 한참 바라본다. 아이에게서 한 발자국 뒤에 서 있던 내 눈엔 바다가 아닌 아이의 뒷모습이 먼저 내 눈에 찬다. 눈앞 바다가 지금은 내 눈에 들어오지 않는다. 내 아이가 이 순간 저 넓고 푸른 깊은 바다를 이긴다.

'날마다 크는구나.'

사라질 순간을 붙잡아서 사진을 찍었다. 그렇다. 이 순간이 지나면 모래성처럼 흩어져버린다. 끝나버린 어제도 내 마음속 어딘가에 파편이 되어 끄집어내려고 애쓰지 않는 이상 힘없는 시간이 되었다. 부지런히 이 일상을 추억으로 만들어야 한다.

잠깐의 외출은 우리에게 열심히 살아갈 힘을 잔뜩 불어넣어주었다. 바다를 등지고 지는 해를 바라보며 돌아온다. 아이는 구름 한가운데에 살짝 걸쳐진 동그란 해를 바라보며 또 하나의 기억을 만든다.

꼭 껴안았다. 등을 쓸어내리며 5초간 말없이 안고 있다.

"사랑해!"

기숙사로 들어가는 아들이 사라지고 나니 마음속에 불던 바람은 어느새 잠잠해졌다. 가끔은 바람 부딪치는 소리를 들어야 일상을 잘 살아낼 수 있다.

쉬운 삶이 없다. 불행 속에서도 행복은 존재한다. 매순간 내게 살아야 한다고 끝없이 주문을 걸 수 있었던 것은 내 아이의 존재로 가능했다. 홀로 엄마가 된 내 운명을 기꺼이 받아들였기에.

행복은 소중한 일상에 있다. 저기 저 멀리 있지 않아 다행이다.

아들에게

사랑하는 아들아, 지금 이 글을 쓰는 시간은 2019년 밤 11시. 한 시간이 지나면 또 한 해가 시작되는구나. 무엇을 하며 한 해를 마감하고, 무엇을 생각하며 새해를 시작하면 좋을지 고민하던 중에 글을 쓴다. 사실 조금 전에, 너는 나에게 질문을 했다.

"엄마, 글 안 써? 언제 써?"

아마도, 어느 날부터 매일 글을 쓰는 모습을 보고 있었으니 물어봤을 수도 있고, 이 타이밍의 순서가 '아들에게'라는 제목이었으니(네가 살짝 보았다고 생각한다.) 가만히 있는 내게 재촉을 한 것 같았다. 이틀째 여행 중이니 피로가 몰려 조금 뒤로 미루고 싶었는데, 나에게 글을 언제 쓰냐는 너의 물음이 2019년 마지막 남은 한 시간을 의미 있게 쓰도록 만들어주는구나.

지금 이곳은 제주도란다. 네 나이는 곧 열다섯 살이 되고, 너를 데리고 처음 제주도에 온 것이 여섯 살 때인 것 같아. 너와 처음 비행기를 탔던 그해. 가장 가까이에서 하늘을 보며 감격했던 네 얼굴을 아직도 잊을 수가 없다. 두 손으로 얼굴을 감싼 채 작은 창문에서 눈을 떼지 못하던 아들. 보이는 구름떼를 보면서 구름에게 이름을 지어주던 네게서 위태롭게 몇 년을 버틴 엄마는 눈물을 흘렸다. 너무 행복해서 말이야. 살고 있다는 안도감이 너와 비행기를 타고 나서야 내게 들어온 것 같았다.

엄마 키와 비슷해진 너와 손을 잡고 걷는 어제와 오늘은 어릴 때 너와 함께 해마다 찾았던 제주도를 한꺼번에 떠올렸다. 고맙구나, 엄마에게 아름다운 추억을 선물해줘서.

네게도 나와 여행하며 서로를 마주했던 이 순간들이 살아가는 동안 힘이 되길 바래본다.

조금 전에 너의 눈빛을 마주하고 이런 말을 했지.

"공부 잘하고, 마음의 멋짐이 넘치고 흘렀으면 좋겠어. 엄마의 가장 큰 바람이야."

네게 이 말을 하고선, 공부 잘하면 좋겠다는 말을 괜히 했을까, 마음의 따뜻함이 먼저인데. 하며 잠시 생각에 잠겼다. 그리고 이내 엄마는 이 말을 바꿀 의도가 없음을 알아차리고 최고가 아닌 너의 삶에 최선을 다하는 의미로 공부를 말하겠다고 마음을 먹는다.

아들아, 엄마는 올해 나의 삶을 치열하게 되돌려보기도 하고 지금 살고 있는 이 삶에서 한 계단 넘어가 보려고 내 자신과 맞섰던 시간을 보냈다. 너에게는 당당한 엄마가 되려고 노력했지만 내 자신은 아무도 모르게 숨겨둔 채 엄마로 살았던 그 삶에서 나도 잃어버린 내 자신을 찾아보려고 애를 썼다.

기억하니? 엄마가 얼마 전에 네게 했던 말을.

"네가 스무 살이 되려면 이제 5년이 남았지. 엄마와 넌 건강한 삶으로 독립을 해야 하는 것이 어쩌면 두 번째 삶의 목표가 되어야 할 것 같아. 엄마에게도 5년의 시간이 주어졌다고 생각을 하고 열심히 이 순간을 열심히 살아볼게."

이 말을 알아들었는지 모르겠지만, 엄마는 너를 세상에 내보내고, 나를 세상에 내보내기 위해 노력하는 시간 속에 발을 딛은 한 해였다.

너와 함께하는 이 삶이 너에게 행복을 가져다주지 못할까봐 엄마는 늘 초조하고 불안해하며 살았다. 어떻게 해야 좋은 엄마가 되는지에 아는 바가 없어 모든 것이 서툴렀다. 네 기저귀를 갈고 목욕을 시키고, 이유식을 먹이는 그 처음이 가장 어려웠지만, 내가 너로 인해 살아 있음을 느꼈던 시간이기도 했다. 나도 다시 삶을 사는 것 같았기에.

그러면서도 내가 편히 숨을 쉬기 위해 선택한 이 삶은 오히려 너를 생각하면 내 숨통을 막았던 아이러니한 삶이기도 했다. 내가 가장 젊고 가장 예쁠 때 가장 슬픈 모습으로 엄마가 되었기 때문에 너에게 미안한 마음이 마음 밑바닥에 깔려 있었기 때문이다. 그 시간들이 흐르고 흘러, 너와 울며 웃고 인생을 함께 걸어가는 이 시간이 나에게 온 것은 기적과 다름없다.

엄마는 올해 유난히도 자꾸만 지나간 시간의 필름이 눈앞을 스친다. 전보다는 여유가 생겼다는 신호일까. 아니면 다가오는 시간에 대해 마음을 다잡고 싶어서일까. 무엇이든 상관없다.

그 누구의 눈에도 보이지 않는 나만의 기억 필름은 너와 나를 이어주는 삶의 끈이기에, 무슨 일이 닥쳐도 언제든 다시 일어설 준비가 되어 있다.

그동안의 삶은 너와 내가 먹고살고자 고군분투했던 삶이었고, 그저 나를 위한 삶이 대부분이었을 것이다. 그럼에도 매일 먹는 밥맛이 무엇인지 느껴지지 않는 순간은 내가 잘못 사는 건 아닌지 나를 의심하였다. 내 목구멍으로 들어가는 밥알이 까끌거릴 때 엄마는 늘 네 사진을 꺼내보았다.

사진 속 네가 환하게 웃는 얼굴을 보면 다시 밥알을 꼭꼭 씹어 삼켰다. 너를 키워야 한다는 책임과 의무는 엄마가 밥을 먹도록 하였다. 우울감과 괴로움이 나를 지배하려고 할 때, 그 감정을 털어내기 위해 차이코프스키 바이올린 협주곡을 날마다 들으며 길을 걷고, 내 앞에 너를 보며 슬픔을 막았다.

다가오는 내일이 한없이 두려워 해가 뜨지 않기를 바라며 밤을 지새운 적이 셀 수가 없다. 이 산을 넘어가면 평탄한 길이 나올 것을 기대하며 손끝에서 삶에 대한 희망을 놓지 않았다. 야속하게도 숨이 넘어갈 듯 산을 넘으려고 하면 어느 쪽인지 방향을 잡지도 못한 채 길을 잃기도 했고, 평탄한 들판길이 나오리라 기대하던 바람은 무색하게도 자갈밭이 펼쳐져 앞을 향해 걸어가는 길 위에서 엄마는 무섭기도 했다. 네가 잠이 들면 숨죽여 울기도 참 많이 울었다.

불안했던 그 밤에 벽에 웅크리고 기대 앉아 꺼질 듯 말 듯한 촛불이 되어 눈물이 흘렀던 그날은 대부분 힘에 부치던 날들이었다. 일도 해야 하고 너도 키워야 하는데, 너의 몸이 아프거나 네 마음이 아프면 내가 들지 못할 돌덩이가 가슴을 짓누르는 듯했다. 소리를 지르거나 매를 들기라도 했던 날은 내 가슴을 치기도 하였다. 엄마한테 혼이 나도 금세 웃고, 노래를 부르고, 무엇이든 자신 있게 표현하는 너를 보며 안도하였다. 눈물을 흐르게 하는 것도, 눈물을 멈추게 하는 것도 내 아들이었다.

밥 한 술 입에 넣고, 이를 악물고 살아보고자 했던 지난날이 겹겹이 쌓여 이제 15년이 넘어가려고 한다. 그 세월이 내 젊음을 갉아먹기도 하였지만 현재 삶의 뿌리가 되었음을 감사하게 되고, 나약한 엄마를 가장 큰 사람으로 여겼던 너와 어떻게든 있는 힘을 다해 살아낼 것을 수천 번 다짐했던 내게 감사한다.

아들 덕분에 엄마는 진짜 엄마가 되었다.

왜 그리 사는 것이 고단하고 버겁냐며 한탄을 했던 시간을 거부하고 싶었으나 삶이 힘겨운 것임은 옳았고, 힘겨운 그 시간을 거절하지 않고 티끌 하나 없이 삶을 받아들이게 되니 오늘 너와 내가 맞고 있는 이 보통날이 더할 나위 없이 감사할 뿐이다.

더할 나위 없이 감사하다는 것, 너와 내가 함께 하고 있는 이 시간과 이 삶이다. 조막만한 너의 손을 잡고 뿌연 안개속을 걸어 나왔던 엄마의 고단했던 삶은 이제 멀리 촛불을 켜야만 볼 수 있는 곳으로 보내놓는다.

"예전의 일들을 기억하지 않고, 옛날의 일들을 생각하지 마라. 내가 너의 죄를 기억하지 않고 내가 너를 새롭게 하리라. 나는 너의 죄를 씻어 주는 이…. 내가 너를 새롭게 하리라. 보라. 내가 새 일을 하려 한다. 너의 갈라진 마음에 그 사막과 같은 땅에 길을 내고…."

– 〈가톨릭 성가〉 어느 장에서

아들아,

엄마는 자꾸만 네게 이야기한다.

마음이 하늘만큼 바다만큼 넓어 가시 같은 일까지도 품을 수 있는 사람이 되길 바란다고 하였다. 공부는 네가 잘 살기 위해서 하는 것이 아니라 다른 사람을 이롭게 하기 위한 공부가 되었으면 좋겠다고 하였다. 없는 것을 탓하지 말고, 너와 나는 서로가 있는 것에 감사하며 이 삶을 행복하게 살아보자고 하였다.

좋은 기억을 매일 하나씩 가슴에 저장해보자. 힘겨울 때 엄마는 너와 나만이 갖고 있는 여행의 기억만으로도 엄마를 살게 하더구나. 그래서 너와 더 여행을 하였다. 그러다 보니 사는 것이 여행이 되더구나. 잘 먹고 곤히 잠이 들 수 있다는 것도 감사한 일이었다. 감사하자. 감사하면 세상을 더 두려워하지 않고 살게 되더구나. 나에게 네가 있어 감사하니 엄마는 혼자여도 두렵지 않더구나. 더 힘을 내서 살게 되었다.

감사하자. 감사하면 내게 위로해주는 사람이 있다는 것만으로도 한걸음 또 내딛게 되더구나. 엄마는 아들이 사람을 소중하게 대하고, 좋은 말과 좋은 행동으로 선한 영향력을 끼치는 사람이 되길 기도한다.

"엄마! 나 사랑해? 얼마나 사랑해?"

잊어버릴 만하면 사랑하냐고 묻는 너에게 새겨보려고 한다.

너는 변호사가 되어 사람을 돕고 싶다고 했지. 변호사가 되어도, 되지 않아도, 아들이 어떤 모습이어도 너는 내 아들이다. 사랑하지 않을 이유가 없단다. 너의 존재가 엄마에겐 사랑이야. 사람을 돕고 싶다는 그 마음만 잊지 않길 바랄 뿐이다.

절망스럽기만 했던 시간을 딛고 일어서기 위해 해마다 제주도를 다녀오며 마음을 잡았던 시간들. 한라산을 올라가고, 오름을 올라가며 손을 놓지 않았던 순간, 에펠탑을 보며 더 넓은 세상을 보길 원했던 날, 고래상어와 같이 수영하며 최고의 여행이라고 외쳤던 그 시간, 엄마와 이 삶을 걸어왔던 그 날들을 기억한다면 우리 못할 일이 없다. 그저 따뜻한 기억으로 따뜻한 사람이 되길 엄마는 소원한다.

엄마가 그랬지?

삶에서 오는 문제를 회피하지 말자고. 기꺼이 삶의 문제를 마주하면 그 문제는 작아진다고.

있는 그대로 살자. 좀 더 나아보이게 하려는 포장지는 필요 없다. 담대하게 살다보면 그것이 우리의 삶을 감싸 줄 거야. 파도처럼 살자.

우리에게 다시 온 새해, 보통 삶을 다시 잘 살아보자고 말하고 싶구나. 사랑한다.

보통 사람, 보통의 행복을 느끼며 다시 내게 온 이 새해와 하루를 두 팔 벌려 맞는다.

나의 막둥이 동생

하나밖에 없는 내 동생아!

몇 년 전부터 누나는 우물처럼 깊이 담아두었던 마음을 열고 네게 사실대로 이야기하고 싶었으나 미루기만 했다. 막상 내 마음과 대면하려니 용기가 나지 않기도 하였고, 속 깊은 네가 알아주겠지 하는 안일한 마음도 있어서 계속해서 시간만 흘려보냈다. 미안하구나. 미안함의 무게가 점점 무거워져서 더 내 마음을 전하기가 어려워졌다. 이제야 너를 생각하며 키보드를 두드린다. 수 년 전, 정확히 짚는다면 네가 군대 생활을 할 때부터이다.

다시 그날이 떠오르니 마음이 착잡하다. 잊지 않았다. 군에 입대하던 날, 그날 내가 보았던 네 눈빛을. 네 눈에 담긴 슬픔을 읽고 너의 부모와 너의 누나가 어린 네게 잘못을 저질렀음을 알았다. 네가 담고 있는 슬픔의 깊이를 느끼고 나서야 억장이 무너지는 것 같은 느낌, 그리고 내가 너에게 엄청난 잘못을 저질렀다는 것을 네가 어른이 되어서야 느낀 그날, 나는 집에 돌아와 몸이 부서지도록 통곡을 하였다.

너를 품지 못하고, 오히려 어린 너에게 비겁하게 의지했던 못난 누나를 용서해다오.

미안하다. 미안하다. 미안하다.

어느 날 갑자기 네 인생도 수렁에 빠져버렸는데, 그것도 세상을 모를 나이에 그 일은 너에게 가장 큰 비극이었을 것인데, 아무도 네 슬픔을 헤아리지 못했다. 어리석은 어른들이라 네 마음과 네 인생을 헤아리지 못했다. 대학에 들어갔을 땐 이젠 네가 알아서 너의 인생을 살겠지, 하며 나는 내가 선택한 삶에 지쳐 너를 또 돌보지 못했다.

한번 잘못된 시간을 바로 잡는 것이 이렇게 돌고 돌아야 하는 일임을 알았다면 좋았을 것을. 지나고 나서야, 겪고 나서야 아는 것이 사람이라 하지만 왜 하느님은 사람을 한 치 앞도 모르고 사는 존재로 만들어놓으셨는지. 잘못은 내가 저지르고선 신을 탓하고 만다.

내가 자랐던 환경이 그렇게 불안하고 싫었더랬는데, 나는 너에게 똑같이 대했더구나. 핑계를 찾느라 머리가 아프다. 갑자기 하늘로 솟아버린 자식으로 인하여 숱하게 정신을 잃어버리는 엄마를 감당하기도 어려웠지만, 그 시기에 막 태어난 아이를 데리고 엄마에게 돌아온 나는 내 살 길을 생각하느라 사실 너를 돌볼 여력은 없었을 것이다.

작은 누나를 손이 닿지 않는 곳으로 잃어버린 마음, 큰 누나가 살 길의 좌표를 잃고 아이를 데리고 온 상황, 아빠의 퇴직, 엄마의 아픔, 우리 집은 겹겹이 상처로 뒤덮여서 가장 늦게 태어난 네게 부당한 짐을 지우고 말았다.

"너는 공부만 해. 학교생활 잘 하고."

너는 중학교 입학 후 사춘기에 접어들었을 터인데, 나는 단 한 번도 사춘기라는 단어를 떠올려본 적이 없다. 사춘기를 경험하지 못한 탓도 있고, 엄마의 보살핌 없이 사춘기를 보내야 했던 나로서는 사춘기를 겪고 있는 너를 어떻게 대해야 하는지 잘 모르기도 하였다. 무지했음에도 무지한 줄 모르고 네게 큰 자식 노릇을 하기를 바라던 나였다.

그저 나이 든 누나로서 네가 공부하는 것에 신경을 쓰고, 과외를 시키고, 때때로 학교에 찾아가 엄마 대신 선생님과 상담을 하는 것으로 대단한 누나 역할을 하고 있다고 착각을 했을지도 모른다.

누나를 잃은 네 마음이 얼마나 상심으로 깊었는지, 나보다 작은 누나와 더 친밀했던 관계에 있었음에도 열세 살 나이로 누나를 잃은 너의 마음을 나는 미처 생각하지 못했다. 누나가 죽었다고 온 동네방네 소문이 파다하게 퍼진 후 위로를 받기는 커녕 학교에서 친구들에게 놀림을 받았다는 걸 알고 내 가슴은 피멍이 들었다.

그저 엄마의 상처와, 동생을 잃은 내 상처, 이혼을 해야 하는 내 처지만 크게 느껴져 너의 상처를 돌보지 못했다. 미안하다. 미안하다. 내 상처만 크게 느끼고, 너의 상처는 작게 느꼈던 누나의 어리석음을 용서해 줄 수 있을까.

내 아들이 열 살이 되었을 때, 너의 열 살이 생각났다. 너는 그때까지도 내 품에 안겨 잤고 누나 팔 베개를 하고 내 머리카락을 만지며 잠이 들었다.

내 아들이 열한 살이 되었을 때, 너의 열한 살이 생각났다. 주말에 집에 내려오는 나를 기다리느라 아파트 밖에서 기다리다 눈썹 휘날리게 뛰어오던 너는 내 기억 속에 그대로 있었다. 그러다 내가 갑자기 결혼을 했다. 갑자기 누나가 다른 사람과 함께 살게 되니 어린 너는 낯설어 했다. 너보다 스물셋이나 많은 매형의 팔에 매달렸다가 나는 그 사람으로부터 열여덟 살 네 누나와 고작 열한 살인 네가 버릇이 없다는 말을 들었을 때 나의 무언가 시작이 잘못되고 있음을 감지했었다. 비극의 시작은 전조가 있는 법이거늘, 난 알아차리지 못했다.

내 아들이 열세 살이 되었을 때, 너의 열세 살이 생각났다. 너는 그때 누구보다도 가까웠던 네 누나와 이별을 했다. 네 작은 누나는 나보다 더 너를 애지중지하였다. 금덩어리보다 더 소중하게 여겼을 것이다. 밖에 데리고 나가게 되면 멋지게 옷을 차려 입히고, 머리에 왁스를 발라 멋지게 빗겨 올렸지. 나는 대학생이 되면서부터 독립하였으니 그때부터는 작은 누나와 가장 애틋한 사이가 되었다. 누나가 사라진 일은 네게 가장 큰 비극이었다. 어린 너에게 얼마나 충격이었을까. 모두에게 상처의 깊이는 같았을 것인데 나는 너의 상처의 크기를 헤아리지 못했다.

내 아들이 중학생이 되니 너의 중학교 교복을 입은 모습이 생각났다. 내 아들의 꿈과 내 아들의 마음과 내 아들의 사춘기를 걱정하며 엄마 노릇을 하고 있다. 세월이 나를 이렇게 만들었는데, 네가 이 나이 때 나는 살아갈 것을 두려워하며 네 조카를 데리고 엄마에게 도망쳐왔다. 기가 막힌 시간이다.

내가 중학생일 때 네가 태어났다. 또 네가 중학생일 때 네 조카가 태어났다. 내가 너를 업고 돌본 것처럼, 어린 나이에 삼촌이 되어버린 너에게 조카를 보게 하고 잔심부름을 시켰다.

무엇보다 내가 너에게 가장 잘못한 일이 있다. 그를 만나는 게 두렵기 만했던 내가 그때, 한 달도 아니고 두 달도 아닌 몇 년이라는 시간 동안 면접교섭권을 행사하기 위해 아파트로 오는 그를 나 대신 만나 조카를 데려다주고 데려오는 일을 시켰다는 것이다. 마음이 허해진 너에게 말이다. 내가 할 일을 어른도 아닌 너에게 맡겼다는 것이 평생 내가 너에게 미안해야 할 일이 되었다. 미안하다. 그리고 고맙다.

그뿐만 아니지. 너는 네 자신도 동굴 속에 있었을 그때, 조카를 돌보며, 오히려 조카에게 둘도 없는 친구가 되어주고, 형이 되어주고, 아버지가 되어주었다. 그 덕에 네 조카는 삼촌을 이 세상에서 가장 사랑하고 존경하는구나.

나는 엎치락뒤치락, 소리도 질렀다 욕도 했다가 모자란 모습은 네게도 다 보였지. 어찌 내가 엄마를 똑 닮아 너에게 그 모습을 보였는지, 뒤늦게 그것을 알아차리고, 네 조카에게 조금이나마 나은 엄마가 될 수 있었던 것도 네 덕이었다.

그러면서 얼마나 네게 똑바로 하라며 잔소리는 해댔는지 내가 너무 일찍 태어난 것도 너한테는 불행이더구나. 미안하다.

이제 스물여덟이 된 네 나이는 아직도 젊고 찬란하다. 십여 년 동안 엄마를 함께 돌보고, 네 조카를 돌보고, 구멍이 난 자리를 네가 메웠던 것은 또 다른 불행을 네가 필사적으로 막고 있었음을 나는 알고 있다. 미안하고 고맙다.

네가 남자이고 하나 있는 이 집안의 아들이니 나는 너를 막 자라도록 둘 수도 없었다. 차라리 나의 오빠였다면(하늘의 뜻을 어찌 마음대로 하겠는가) 네가 막노동을 하고 살아도 상관하지 않았을지 모른다. 이게 대체 무슨 마음인지 지금도 정확히 설명이 되지는 않는다.

가끔 상상을 했다. 내가 나이가 더 든다면(환갑을 넘고 칠순이 되는) 그때 네 나이는 지금의 내 나이를 조금 넘을 것인데, 만약 네가 너의 삶을 제대로 지탱하고 못한다면…. 이런 황당무계한 상상을 여러 번 한 것 같다. 그러면 나는 아마 피눈물이 쏟아질 것을 확신하였다.

그래서 너에게 더 호되게 잔소리를 하고, 네가 공부를 잘하고, 좀 더 다부지고, 좀 더 강단 있는 남자가 되기를 요구했었다.

가슴이 따뜻한 너를 나는 여리고 약하다고 바라봤고, 속이 깊어 표현하지 않는 너를 답답하다며 몰아붙였다. 내 엄마가 그렇게 나를 키운 것처럼, 나도 너를 그렇게 대하였다.

그렇게 강했던 엄마가 세상에서 가장 나약한 엄마가 되어 네게 신경을 쓰지 못하니 누나가 또 그 역할을 하였다. 이미 마음이 상처투성이였던 너를 품어주었더라면, 욕심을 내어 너에게 상처만 내었다. 미안하구나.

내 아들과 살기 위해 공부방을 열었을 때, 나는 네게 과외를 시키고 학원을 보냈다. 망가진 우리 집을 너라도 일으키길 가장 바라던 시기였다. 단 한 번도 나는 네게 묻지 않았던 것 같아.

"작은 누나와 헤어지고 네 마음이 얼마나 아플까?"

너의 책상 서랍과 지갑에서 네 작은 누나 사진이 쏟아져 나오면 엄마와 나는 소리만 질렀다.

"뭐 하러 죽은 누나 사진을 들고 다녀!"

너는 눈물을 쏟았다. 미안하다. 그 아픔을 알아주지 못하고 내 상처만 아픈 줄 알아서.

대학생이 되어 네 가방에서 우울증 약이 쏟아져나오고, 서 있는 상태에서 노란 위액을 분수처럼 내뿜은 날, 나는 우리 집이 증발해버릴까 봐 떨었다. 응급실에서 누워 있는 너를 보며 내 가슴을 탁탁 쳤던 날, 하늘에 기도했다.

'모든 잘못, 다 내게 주세요. 모든 것 내가 짊어질 테니 제발 동생의 인생을 무겁게 하지 말아주세요.'

무사히 군인 생활을 하고, 아르바이트를 하고 공부를 하면서 너는 이제 직장인이 되었다.

워킹홀리데이나 짧게라도 외국생활을 하며 꿈을 키우고 싶었던 네 이상을 나는 현실로 누르기도 하였다. 너의 마음을 몰랐던 것은 아니었다. 차갑고 냉정한 현실을 너무 많이 겪어버린 나는 빨리 사회에 나가기를 네게 독촉했다. 독한 누나 때문에 보란 듯이 승무원이 된 네가 나보다 백 배, 천 배 나은 사람이다.

너는 이제 나보다 더 어른이 되어 내게 조언도 하고, 더 멋진 삼촌 노릇을 하며, 엄마에게 따뜻한 아들이 되어 불안정한 이 집안이 안정되도록 노력하였음을 누나는 잘 알고 있다. 잊지 않을 것이다. 너의 깊은 마음과 너의 사랑을. 어린 나이에 어른이 된 너를.

또 새해가 되었다. 우리에겐 참 소중한 시간이다. 서로를 품고, 서로에게 의지하며 다시 마주하고 있는 이 시간이 너무 감사하다. 어느덧 사회생활을 시작한 내가 대견하다. 고맙다.

얼마 전 네가 사는 원룸에 갔었지. 방은 작고, 외풍은 심하고… 자취를 시작한 네 집을 보니 한쪽 마음이 시려오는 통증을 막을 수가 없었다. 하룻밤을 그곳에서 자며 밤새 나는 네가 태어나 지금까지 흘러온 시간들을 다 떠올렸다. 고맙게도 내 어린 시절의 절반은 기억에 없는데, 너의 어린 시절은 다 기억 속에 있더구나. 일찍 태어난 것이 이런 때는 보람이 있다. 바쁜 비행 일정으로 여기저기 흩어진 네 물건들을 보며 네가 얼마나 대견하던지, 네가 원하던 승무원이 되어 감사하고 감사하지만, 나와 부모가 가진 것이 좀 더 많았더라면 좀 더 나은 곳에서 지낼 수 있었을 텐데, 하는 그 마음을 아무리 누르려고 해도 되지가 않아 서글펐다.

하나 밖에 없는 동생아, 내 동생아.

고맙다, 잘 견뎌줘서.

미안하구나, 그 상처를 홀로 아물게 하여서.

고맙구나, 조카에게 가장 따뜻한 사람이 되어줘서.

미안하구나, 네게 짐을 지워주어서.

누나는 너를 생각하며 또 삶을 살아가고 있다. 용서해달라는 말을 하고 싶지만 의미가 없을 것 같다. 어린 나이에 삼촌이 된 너는 평생 내 자식의 아버지 노릇을 할 터이니. 내 자식을 사랑하는 것만큼 나는 너를 사랑하고 있다는 것만 알아주길 바란다. 네 인생은 훨훨 날았으면 좋겠다. 누나가 응원한다. 사랑한다.

언제나 엄마 옆에 있을게요

엄마!

내가 죽기 전에 단 한 사람에게 한마디만 남기라고 한다면, 그 사람은 엄마이고, 그 한 마디는 '고통을 딛고 살아줘서 감사합니다.'입니다.

험난하고 아픈 세월을 견뎌줘서 감사하고, 남은 자식을 보며 살아줘서 감사합니다. 내 자식을 당신보다 더 소중하게 여겨 내가 못하는 것을 엄마가 채워주셔서 감사합니다.

당차게 독립을 했다가 내가 선택한 삶에 대해 반응점을 상실하고 엄마 품으로 돌아와 삶을 일으키도록 버텨주셔서 감사합니다. 옆에 있어 주셔서 감사합니다. 엄마 곁에서 살아온 지가 벌써 오랜 시간이 지났습니다. 태어나자마자 할머니 품에서 컸던 그 손자가 벌써 중학생이 되어 할머니 어깨를 감싸고 다니니 살아온 시간이 헛헛하지 않아 다행입니다.

엄마와 딱 한 번만 여행하는 것이 소원이었는데, 소망은 이미 이루어져 여행은 두 번, 세 번이 되고 있습니다. 기적이에요. 집 밖으로 잠시 나가는 것조차 어려웠던 우리에게 이런 시간이 올 줄 누가 알았겠어요. 모녀가 여행하는 모습을 보면 먼발치에서 부러워했던 시간이 아득해졌습니다. 함께 바다를 보며 길을 걷고, 카페에서 마주보며 이야기를 나눌 수 있는 이 일상이 고맙습니다. 이래서 삶은 끝까지 살아야 하는가 봅니다.

어릴 때는 당신을 두려워했던 시간이 대부분이었습니다. 보고 싶은 마음이 목구멍까지 치닫는 날은 서러워 마음이 구멍 나는 것 같았어요. 온갖 감정을 다 겪게 하는 엄마가 밉기도 했지요. 그러면서도 무슨 일이 일어나면 해결사는 엄마밖에 없었기에 엄마는 내게 전사와 같았습니다. 이제는 백발이 되어 육체적인 힘은 사라졌지만 엄마는 여전히 내게 여전사입니다. 모든 것을 잃고 그저 눈을 감고 싶어 했던 엄마는 남은 자식들로 삶을 견뎠고, 엄마는 내가 살 수밖에 없도록 만들었으니까요. 이것만으로도 가장 아름답고 위대한 엄마입니다.

내게 미안하다, 더 말하지 말아요. 나이 들어 엄마에게서 미안하다는 말을 들었던 그날, 가슴이 미어지는 고통이 뒤따라오니 엄마 뒷모습이 더 가슴 아파옵니다.

엄마, 난 요즘 행복합니다. 조금 전에 엄마 손자와 얘기를 했어요.

"사람에겐 누구나 상처가 있어. 내가 이만큼 상처가 있다면 저 사람에게도 이만큼, 아니 더 큰 상처가 있다. 내 마음 한쪽이 위태로우면 다른 한쪽에서 지탱해주어 살게 해 주었어. 모든 것을 앗아가지 않아. 나를 한쪽에서 지탱해주는 무언가 있음을 안다면 삶이 위태로워도 견디게 되는 것 같아."

이 녀석은 바로 알아듣습니다. 고마운 일이에요.

한 존재의 부재에도 불구하고 삼촌과 할머니가 자신을 지탱해 주었음을 알고 있다고 합니다. 자신은 불행한 사람이 아니래요. 엄마 덕분입니다. 감사합니다.

엄마, 그저 감사하다는 말만 전하려고 글을 남기는 것은 아니에요. 얼마 전 낙서처럼 끄적거린 글이 남아 있어 그 글을 붙여봅니다.

[엄마 뭐해]

일을 하는 중에 전화기를 들었다.

"엄마, 뭐해?"

이 말이 거의 입에 붙어 있다. 전화를 하면 첫 번째 말이 이 질문이다. 엄마의 기분과 몸 상태를 다 알아낼 수 있는 질문이다. 별 것 아닌, 평범한 이 물음에 내게 있는 모든 감각을 다 사용한다. 엄마를 감지하기 위해. 그 순간 짧은 단어라도 깊이 들어야 한다. 부모와 자식이 같이 살면 서로가 곤혹스럽다는 말을 숱하게 들었다. 그렇다고 행복보다는 불행이라는 그 말을 뒤집기 위해 애를 쓰진 않았다. 괴로우면 괴로운 대로 서로를 마주했다.

지난 십 여 년을 돌이켜 보면 서로를 못 잡아먹어 안달이 난 사람처럼 할퀴었으니 말이다. 그러면서도 서로에게 의지하고 사이사이 웃을 수 있는 날들이 있었다. 이 아이러니한 관계는 애증이다.

엄마의 말과 눈빛으로 나는 모든 것을 감지해낼 수 있게 되었다. 그 물음은 '뭐 해'라는 두 글자로 충분했다.

"아침에 운동하고 사우나 갔다 왔어."

이런 대답은 엄마 컨디션이 정상임을 알리는 말이다. 마음을 놓았다가도, 저녁이 되면 메시지를 열어 물어본다.

"엄마, 뭐해? 밥은 먹었어?"

"누워 있어."

그새 엄마의 몸은 힘이 빠졌다. 엄마와 나의 집은 차로 10분 거리다. 마음만 먹으면 하루에도 몇 번씩 드나들 수 있는 거리이지만 일을 하다 보면 10분도 허락되지 않을 때가 부지기수였다.

바쁘다고 코빼기도 보이지 않아도 엄마와 내가 가까이에 있다는 생각이 들면 불안하지 않다. 서울이나 간혹 멀리 여행이라도 떠나게 되면 그때의 물음은 불안하다. 내 마음이 그렇다. 혹시라도 아파 끙끙 앓고 있으면 어쩌나 하는 마음은 내가 이제는 엄마를 떠날 수 없음을 반증하는 것이기도 했다.

엄마의 말을 듣는 데는 고매한 지식이 필요한 것도 아니었으며, 무엇이 옳고 그른지 따질 필요도 없었다. 서로의 마음만 필요하다. 듣고자 하는 마음과, 눈빛을 바라보고 어떤 힘겨움도 마주할 용기만 있으면 되었다.

오랜 시간 동안 슬픔과 서러움, 분노와 애잔함, 안타까움과 살아온 세월에 대한 절망감은 서로를 가두기만 하였다. 삶이 어떻게 흘러가고 있는지, 어디로 흘러가게 할 것인지에 대한 관심은 없었고, 그저 자신에게 있는 상처만 부각시키며 삶의 가능성을 제로로 만들기에 여념이 없었다.

내가 무엇을 해도 행복할 수 없다는 것을 깨달은 순간은 엄마와 등을 돌리고 있던 시간이었다. 아무리 일을 해도, 아무리 내 아이의 키가 크고, 밥을 잘 먹어도 내가 엄마와 연을 끊었다는 사실은 내 삶의 가능성을 다시 닫는 것과 다름없었다. 행복이란, 관계의 단절에서는 심폐 소생하는 것이 아니었다.

"엄마, 뭐해?"

이 별 것 아닌 질문이 별 탈 없는 하루를 선물하기도 한다. 살아 있는 나머지 자식들을 다시 품을 때까지 죽음과 삶을 여러 번 겪으며, 많은 것을 잃고 많은 것을 얻었다.

살아 있는 것이 지옥이었던 당신은, 이제 사랑을 말한다. 삶은 계속되는 것이기에 가능한 일이었다. 엄마는 약해진 몸과 마음을 걱정한다. 수면제와 안정제에 의존하며, 나이가 들어 자식을 힘들게 할까 봐 또 걱정한다. 걱정할 일이 아니다. 내가 엄마와 이 삶을 한걸음씩 걸어 나갈 거니까.

[몰래 쓴 엄마 뭐해 글 중에서]

엄마, 나는 투닥거리며 엄마와 이 삶을 함께 살아가고 싶습니다. 부족한 내가 엄마의 상처를 조금이라도 덮어줄 수 있으면 좋겠습니다. 투닥거리는 그 관계는 엄마와 딸의 특권이에요. 나는 이 특권을 사는 내내 누리고 싶어요. 같이 이 삶을 걸어 나가요. 엄마의 아들, 엄마의 손자는 더 멋진 삶을 살아갈거니 걱정하지 말고, 이제 나랑 예쁜 추억을 만들면서 아픈 기억을 흘려보내요. 이제 나와 손잡고 걸어 나가요. 사랑합니다.

7장

엄마를 품에 안다

내가 엄마를 알아주지 않으면

누가 엄마의 세월과 상처를 알아보고 품어줄 수 있을까.

엄마와 딸만이 서로를 알 수 있는 존재였다.

아픔이 있는 곳에 뛰어드니

상처의 흔적이 옅어지기 시작했다.

3인칭 전지적 작가 시점으로

'엄마와 죽기 전에 딱 한 번만 여행 할 수 있게 해 주세요!'

포기하지 않았던 여행의 꿈이 이루어진 건 2년 전이다. 죽기 전에, 그것도 딱 한 번만. 이 소원은 내 아이가 열세 살이 되었을 때 이루어졌다. 아들이 열두 살이었을 때, 나는 처음으로 유럽 여행을 갔다.

곡식이 영그는 맺음의 계절, 그 좋은 가을날 홀로 두려움과 싸우며 23시간 진통 끝에 난 아이를 낳았다. 외로움과 무서움에 짓눌린 채 병원에서 혼자 지냈던 며칠은 해마다 기억을 지배하며 나를 괴롭혔다. 그 기억으로부터 벗어나고, 같은 날을 다른 날로 변환시키고자 갑자기 여행을 떠났다. 내 삶의 반대편에서 형성된 추억은 나를 다시 살게 할 것이라고 믿고 싶었다.

예상은 거의 대부분 맞았다. 사람 사는 것 다 비슷하다, 별 거 없다 했지만, 낯선 곳에서 이방인이 된 경험은 내가 누구인지 알게 되는 기회를 주기도 했다. 테이트 모던 미술관, 타워 브릿지, 에펠탑, 루브르박물관 등 곳곳에서 아이와 살아남기 위해 아등바등했던 일상을 잠시 벗어났던 것은 내가 암흑 같은 터널을 빠져나온 증거가 되기도 했다.

안도했다. 그러면서 한 가지 사실은 더 분명해졌다. 난 엄마를 떠날 수 없는 사람이었다. 여행을 떠나니 더 분명해졌다. 몰래 품고 있던 소망, 내 아들이 스무 살, 성년이 되면 홀로 어디론가 떠나겠다는 계획을 수정하게 되는 계기가 되었다. 멀리 떠나보지 않았다면 절대 몰랐을 일이었다. 어찌 이 사실을 발견했을까. 여행지에서 내 눈에 들어온 것 중 하나는 사람들이었다.

그곳에 사는 현지인이 아니라 여행을 온 사람들, 이방인들을 말한다. 발길이 닿는 곳마다 나는 여행자들에게 자꾸 시선이 갔다. 이십대 젊은 배낭여행족, 젊은 부부, 자매, 남매, 중년 부부, 동창, 친구 등의 여행자들은 미술관의 모나리자만큼이나 내 시선을 곳곳에서 잡아끌었다. 오랫동안 내가 맺고 있는 인간관계는 한 손가락으로 꼽을 정도였다. 인간관계가 그렇게 다채로울 수 있다는 사실이 새로웠다. 아주 오랜만에, 살아가는 동안 동행할 수 있는 모든 경우의 수를 거의 다 볼 수 있었다.

그중에서도 내 가슴을 아리게 하면서도 부럽게 만들었던 건 부부가 아닌 모녀였다. 띄엄띄엄 딸과 여행을 온 엄마의 모습을 발견하면 심장이 저릿저릿 아려왔다. 난 엄마를 두통이 올 정도로 떠올렸다.

'엄마는 무엇을 하고 있을까. 밥은 먹었을까, 잠이 들었을까.'

여행을 마치고 돌아가면 엄마의 입원이 기다리고 있었다. 뇌 깊숙한 어느 부분, 자리도 크기도 신경 거슬리게 하는 그 혹이 문제를 일으키는 것을 막기 위해 스탠스 시술을 앞두고 있어 떠오른 게 아니었다.

쇠약해진 엄마가 걱정이 되어 생각났다기보다는, 딸과 손을 잡고 행복해하는 다른 엄마의 모습을 보며, 나는 꼭 저들처럼 엄마와 여행을 떠나야겠다고 마음먹었다. 굳게 마음을 먹고 또박또박 글씨를 새겨넣어서인지 소원은 딱 1년 뒤에 이루어졌다.

"엄마! 나랑 여행 갈래?"

"응."

수 백 번 물어봐도 미동도 없던 엄마의 입에서 '응'이라는 말이 나왔을 때 난 귀를 의심했다.

"진짜지? 말 바꾸기 없기. 정말이지? 취소하기 없기."

느닷없이 엄마의 다른 대답에 난 그 마음이 변할까 싶어 바로 비행기 표부터 끊었다. 하느님이 이번에는 제대로 일을 하신 듯했다. 고맙게도 동생과 엄마와 아들과 나, 이렇게 네 사람이 한꺼번에 떠나게 되었으니 모든 신이 갑자기 은총을 베푸는 것 같은 착각이 들기도 했다.

여행을 떠나기 직전의 마음은 이루 말할 수 없다. 설렘과 기대, 새로운 곳에서 엄마와 마주할 생각을 하니 가슴이 터질 듯했다. 공항에 도착했다. 출국수속을 마치고 이제 비행기를 탑승하러 가는 길이다. 엄마는 출발 전에 먹은 안정제 덕분에 일정한 컨디션을 유지하고 있었다.

엄마는 나의 아들과 손을 잡고 걸어갔다. 나는 그 뒤를 따라 걸어가던 중이었다. 갑자기 예상치 않은 길목에서 눈물이 쏟아졌다. 엄마의 뒷모습이 문제였다.

엄마 뒷모습을 바라보며 2미터 간격을 유지하였다. 사방으로 많은 인파가 스쳐 지나는데, 내 눈에는 엄마 뒷모습만 보였다. 한쪽 어깨가 기울어져 있다. 그 옆을 수없이 스치는 다른 중년, 노년의 여자 모습과 자꾸만 뒷모습을 비교하게 된다.

드디어 엄마와 여행을 가게 되어 천국을 향해 가는 행복을 느끼고 있는데, 기울어진 어깨와 하얀 머리, 굽은 등으로 목구멍에서 자꾸만 사래가 걸리는 것 같다. 울지 말아야 한다.

'내가 그렇게 원했던 여행길이었잖아. 뒷모습으로 이 여정을 망가뜨리면 안 돼!'

의도치 않게 엄마의 뒷모습을 보게 되면서 나는 이 여행을 시작으로 엄마의 말과 표정, 눈빛을 다시 찬찬히 봐야겠다는 생각이 들었다. 아니, 최대한 내 마음에 꾹꾹 눌러 담아둬야겠다는 강박관념이 들었다.

엄마는 홍콩의 밤거리와 바다를 보며 집 안에서 벗어나 자식과 여행을 올 수 있었던 자신에게 놀라기도, 감격하기도 하였다. 마찬가지였다, 나도.

'엄마와 비행기를 타고 이곳까지 오게 될 줄이야.'

집 밖을 나서기가 얼마나 힘겨웠던가. 힘겨움을 무너뜨리고 온 시간이었다.

그 여행으로 엄마는 내게, 나는 엄마에게 한걸음 더 가까워졌다. 엄마의 뒤를 걷고, 엄마와 팔짱을 끼고 걷고, 엄마의 앞에서 사진을 찍으며 엄마를 모두 사진에, 마음에, 눈에 담았다.

"어쩜 하늘색이랑 바다색이 이렇게 예쁘니. 진작 엄마가 딸이랑 나올 걸. 그래도 엄마 대단하지?"

밤이 되었다. 여행은 기적이었지만, 수면제는 현실이었다. 곧 잠이 들어 숨소리가 거칠어졌다. 옆으로 돌아누운 등이 또 내 시선에 머무르고 말았다. 고단해 보인다.

남은 세월, 더 이상 엄마를 고단하게 살도록 두지 않으리라.

엄마의 시간, 엄마의 아픔, 엄마의 기쁨과 슬픔, 엄마의 흔적, 엄마의 세월을 다 담고 싶었다. 희망은 현실이 되어 모든 것을 내가 오롯이 담을 수 있을 거라는 힘이 생겼다. 관찰자가 되니 자연스레 감정에도 힘이 빠지고, 온몸에 자연스레 피가 돌아 엄마와 남은 세월은 서로가 서로를 더 이상 저항하지 않을 것이라는 느낌도 전해졌다. 여행은 내게 예언자가 되었다.

엄마를 아는 사람은 어쩌면 이 세상에 나밖에 없다는 생각이 처음 들었다. 내가 엄마를 알아주지 않으면 누가 엄마의 세월과 상처를 알아보고 품어줄 수 있을까.

엄마와 딸만이 서로를 알 수 있는 존재였다.

언제부터인가 엄마는 내게 먼저 메시지를 보내기 시작했다. 수년 전에는 분노가 넘쳐 욕을 퍼부어도 분이 풀리지 않으면 문자로 2차전을 했던 엄마였다. 그때를 떠올리면 눈이 질끈 감긴다. 차마 다 읽을 수가 없었다. 온갖 가시를 다 박아도 그렇게는 아프지 않을 독한 말들이 도가니처럼 끓어올랐다. 끝까지 다 읽었다간 나는 쓰러질 듯하였다. 스스로 나를 지탱하는 방법은 일단 피하는 것도 방법이 되었다. 서로의 상처를 부둥켜안고 있던 엄마와 나는 그 시간을 뚫고 지나왔다.

그런 엄마가 날마다 내게 따뜻한 말을 전한다.

일을 하다가 메시지 알람이 들리면 가슴이 두근거린다. 남자친구도 아니건만 엄마와 주고받는 일상의 대화가 세상 모든 것을 다 가진 착각을 일으킨다.

"딸, 일하고 있어? 우리 공주, 오늘도 일하느라 수고 많이 했어. 엄마 이제 약 먹고 자려고 해. 사랑해!"

엄마는 사랑한다는 말을 나보다 더 잘한다. 내게도, 내 아들에게도, 당신의 아들에게도 사랑을 고백한다.

'무엇이 엄마를 이렇게 만들었을까.'

나는 엄마를 거울에 비추어본다. 엄마의 목소리, 말, 표정, 주름, 그리고 걸음, 뒷모습, 엄마의 시간을 나의 시선으로 해석한다.

엄마 마음에 용서와 너그러움의 빛이 스며들고 있다. 귀와 마음을 열어 빛이 들어오도록 하고 있다.

엄마가 된다는 것

"엄마가 너였다면, 엄마는 너처럼 살지 못했을 거야. 목소리만 컸지 할 줄 아는 것도 없고, 자신도 없고. 우리 딸은 참 대단하다. 이렇게 사는 거 보면."

"엄마, 뭐가 대단해. 자식 있으니까 산 거지. 살다 보니까 살게 된 거야. 엄마도 엄마 자식들로 산 거잖아. 엄마가 대단해. 엄마가 있으니까 또 내가 산 거지."

엄마를 떠날 수도, 떠나서 잘 살 수도 없음을 알았다. 애증의 관계는 서로를 필요로 하였다.

절대 필요조건에서 서로의 존재만으로 충분할 수 있음을 나는 증명하고 싶었다. 싱글맘으로서도 충분히 잘 살아갈 수 있음을 보여주고 싶었다. 비록 혼자서도 엄마의 딸로 태어났으니 제대로 살아갈 수 있다는 걸 어떻게든 보이고 싶었다. 비록 초라한 꼴을 하고 엄마에게 도움은커녕 오랫동안 아픔만 더해 주었던 딸이었지만 그래도 아픔을 견디고 이겨내면 언젠가 회복될 거라는 희망을 나는 하루도 놓지 않았다. 상처를 회복하고 싶었다. 그것이 내가 살아가야 할 의무이기도 했다.

'엄마에게 내가 할 수 있는 것은 무엇일까.'

우선, 당장 내가 할 수 있는 일부터 찾았다. 나는 엄마에게 어떠한 일이 있어도 괜찮은 모습을 보여야 겠다고 마음먹었다. 물론 마음먹었다고 해서 모든 순간을 웃으며 살 수 있던 것은 아니었다. 울고 싶고, 화가 나고, 서러운 감정의 도가니를 엄마 앞에서만은 보이지 않기로 했다. 담대해지려고 했다. 어떠한 일이 있어도 휘청거리지 않는 내가 되고자 하였다. 가시덤불 무성한 삶의 한가운데에 서 있는 엄마에게 응답할 수 있는 것은 어떠한 상황에서도 살아남을 수 있다는 강인한 모습을 보여주는 일밖엔 없었다. 가만히 넋 놓고 한숨이나 쉬고 있는 게 아니라 자존심이 깨지고 자존감이 절벽 아래로 떨어져도 내 엄마 앞에서만큼은 담대한 모습으로 세상을 향해 나가는 모습이어야 했다. 몇 년 동안 법원을 드나들고, 내게 남은 것은 아들뿐이었지만 현실에는 엄마도 있고 동생도 버티고 있다는 사실을 잊지 않았다.

몸은 자주 고장을 일으켰다. 가슴이 죄어와서 하루에 수십 번씩 가슴을 쳐야 숨통이 트였다. 체하지도 않았는데, 탄산음료를 벌컥벌컥 들이켜 답답한 가슴을 날리기도 했다.

내 삶에 익숙해지기까지 꽤 오랜 시간이 걸렸다. 일을 하는 동안 위장은 틈만 나면 전쟁을 일으켰다. 위산이 역류해 식도가 타들어가는 듯했고, 잠을 청하면 침이 역류하기도 하여 몸을 세운 채 잠이 들기도 했다. 아픈 것은 숨겼다. 내가 아프면 엄마는 더 아파할 것이므로 부서지는 것만 같은 통증이 엄습하는 날이면 오히려 바쁜 척 엄마 앞에 모습을 드러내는 시간을 최대한 줄였다. 감정이 뒤엉켜 토악질이 나는 날엔 아무 글이나 쏟아내며 내 마음을 달래었다. 역설적으로 일상에서의 분투가 나로 하여금 글을 쓰도록 만들었다. 밤마다 내게 말했다.

'오늘이 지나면 또 다른 내일이 올 거라는 걸 믿어. 엄마도 나도 살다 보면 괜찮아질 거야. 나는 나를 믿어. 나는 이대로 무너지지 않아.'

그렇다고 해서 내가 모든 순간에 성실히 임했다는 것은 아니다. 마음이 너덜너덜해지고 모든 힘이 소진돼 나락으로 떨어져 내리는 걸 느끼게 되면 견뎠던 모든 시간은 허공으로 솟았다. 내가 발을 딛고 있는 그 자리로부터 벗어나고 싶기도 했다.

사람이 어느 순간 미쳐버리게 되는 것인지 몇 번씩 느꼈다. 자아와 몸이 분리되는 듯한 느낌이 온 몸을 휩싸면 이성보다 감정이 나를 치고 나갔다. 감정이 앞서면 나는 방황했다. 잠시 가출한 사춘기 소녀가 된 듯 내 상처가 아파서 허덕거리고 정신을 차리지 못하는 날엔, 엄마의 시간과 상처들을 떠올리며 나를 붙잡기도 하였다.

엄마에게 갈피를 잡지 못하고 방황하는 모습을 보이고 싶지 않아서 아무도 모르는 시간에 차를 몰고 나가 고속도로를 두 시간, 세 시간 동안 달리다 돌아오기를 수십 번은 하였다.

그런 세월을 지나오면서 단단해졌다. 홀로 아이를 키우며 살아남는 길을 선택하면서 나를 표현하는 방법을 찾았고, 나는 내 감정을 다스릴 줄 알게 되었다. 좋은 엄마가 되고 싶은 욕망이 나를 살렸다.

살아남은 나는 아득한 그 시간을 멀리 보내어 순간순간을 감사하며 일상을 보냈고, 급기야 내가 살아왔던 방식도 조금씩 변화를 일으키게 되고 개선시키고자 하는 의지가 살아났다. 친구 한 명 사귀지 않았던 내가 독서모임을 열고, 답답해지면 잠시 여행을 떠나 다시 살아갈 힘을 만들어 이 자리에 돌아왔다.

아프고 원통하기만 했던 세월을 토해내던 엄마도 조금씩 그 울분을 삭혀냈다. 언제부터인지 모른다.

아이를 제대로 키워야 한다는 모성이 나를 엄마와 같은 전사로 만들었다. 그렇게 전사가 된 딸을 보면서 엄마는 자신을 돌아보았을까. 숱한 모진 말에도 딸은 모든 걸 받아들이고 견뎌내고 있었고, 그런 딸과 아들이 아픔을 딛고 살아남기 위해 용기를 내는 걸 지켜보면서 엄마도 힘을 냈을지 모른다.

어떤 이유가 되었건 상관없다. 몸이 아프건, 마음이 아프건, 소리를 지르건, 욕을 하건 나는 그런 엄마가 필요했다. 그렇게 어둠의 시간들을 지나올 수 있었다.

"엄마가 미안해."

"엄마, 그런 말은 하지 마. 엄마는 엄마대로 우리에게 충분히 했어요."

엄마는 자꾸만 지난 시간을 떠올리며 자식들에게 미안한 마음을 전하려 애쓴다. 엄마의 미안하다는 말이 가슴에 사무친다. 그 말을 듣고자 내가 이 시간을 살아온 것이 아니었다.

"엄마도 이제 웃고 살래. 너희들이 이렇게 살아보려고 애쓰는데 엄마도 밖에 나가자고 하면 나가보고, 엄마가 해 줄 수 있는 일은 엄마가 도와줄게."

"엄마, 고마워! 우리는 이제 더 잘 살 거야."

숟가락을 내려놓고 벽에 걸린 평화로운 그림 액자로 눈을 돌린다. 커피 한 잔을 들고 말없이 그림을 바라본다. 곡식이 여물어 가는 들판은 금빛이 감도는 짙은 노란색으로 가득 차 있다. 하늘과 맞닿아 삶에 대한 노고를 내게 전하면서 들판 오른쪽엔 쭉쭉 뻗은 키 큰 나무들이 줄지어 서 있다. 하얀색과 푸른색이 감도는 하늘은 황금빛 들판과 맞닿아 땅을 딛고 사는 인간이라면 그 땅을 돌고 돌아 하늘로 가게 될 것이라고 얘기한다.

들판 한 가운데 작은 길가에는 자연의 색을 오롯이 담은 멋진 집이 있다. 따뜻하다. 그곳에서는 시끄러운 내 마음도 순한 아이처럼 잠에 빠질 것 같다.

나는 그림을 고개만 돌리면 돌리면 볼 수 있는 곳에 걸어두었다. 그림은 감정의 둑이 넘치는 걸 막는 일종의 예방주사 역할이었고, 내가 볼 때마다 풍경은 날마다 다른 이야기를 전해주곤 했다.

마음이 불편해지고 어디론가 훌쩍 떠나고 싶은데 그럴 수 없는 일상에서 나는 위안을 받았다. 그 옆에 걸린 또 다른 풍경은 매일 보는 나무, 하늘, 들판이지만 날마다 다른 것임을 알려주며, 내가 맞는 이 일상을 날마다 다르게 살아내라고 잔소리 하듯 마주하고 있다.

매일매일 닥쳐오는 삶의 굴곡을 잘 지나왔다고 믿는다. 절대로 해서는 안 되는 말과 행동은 하지 않았다. 절대 만나지 않았어야 하는 사람과 절대 가지 않았어야 하는 장소, 절대 내가 겪지 말았어야 할 사건, 이런 건 없다.

잘못하면 다시 잘 하면 되고, 실수하면 다시 해보면 된다. 사는 일이 그러했다.

이제 엄마는 나를 상처투성이 딸로 여기지 않는다. 엄마의 남은 시간은 뿌듯함과 마음의 평안을 안겨주는 딸로 함께 하고자 오늘도 엄마 손을 잡는다.

우리 엄마가 달라졌어요

영혼 없이 책을 보고 있었다. 어느 한 구절에서 뒤통수를 탁! 치는 듯 충격이 왔다. 삶은, 인생은 그냥 사는 일 뿐이라고 여겼다. 그저 사람이 삶이고 삶이 사람이다. 죽기 전까지는 계속되는 인생이니 삶과 사람에 허덕이지 말자고 나를 위로하던 시간이 뒤로 밀리는 순간이었다. 삶은 죽은 것을 먹고사는 것이기에 치열한 것이란다. 살기 위해 살아 있는 것을 죽여 먹으니 어찌 사는 것이 편하겠냐는 삶의 정의에 나는 그제야 이리저리 허둥대며 치이는 나를 받아들인다.

쌀도, 고기도, 계란도, 과일도…. 이 모든 것들은 살아 있을 때 아름답다. 모든 것은 그 자리에 있을 때 제가 가진 힘을 고스란히 내뿜는다. 자연스럽다는 것도 그때 가장 강력하다. 이 살아 있는 것들을 싹둑 생명을 끊어 내가 먹고산다는 생각을 단 한 번도 해본 적이 없다.

그러면서도 '아이고, 죽겠다.'했으니 그저 내 안위만 걱정하고 사는 인간이었다. 내 안에 갇혀 지냈던 지난날을 후회하기도 한다. 어리석다. 그저 고통스럽다는 한 단어로 삶을 옥죄었던 그 시간들을 때때로 지그시 눈을 감고 떠올린다. 잊고 싶다고 생각했고, 지독하게 고통스럽던 시간을 통째로 지우개로 지우고 싶었다. 내게 인생을 편집할 수 있는 기술이 있다면 좋겠다. 아니면 내가 기억하고 싶은 순간만 기억하게 하는 약이라도 찾고 싶었다. 불가능한 것들만 원하니 편할 수가 없음을 뒤늦게 깨달았다. 그때부터는 모든 아픔은 마음껏 머물다가 흘러가라고 놓아두는 근력이 생겼다.

엄마의 슬픔, 아픔, 분노가 감당되지 않는 날이면 사라지고 싶었다. 그런 순간들이 분명히 있었다. 그런 순간들에 대한 기억이 내 머릿속에서 돌아다니지 않도록 만들고 싶었다. 물론 불가능한 일이다.

마음이 커졌다. 내가 아니면 그와 같은 아픔을 누가 받아낼 것인가. 아무리 둘러봐도 아무도 없다.

아픈 기억을 두 팔 벌려 끌어안자고 하니 이상한 일이 일어났다. 내가 안고 있는 문제가 작아지기 시작했다. 내가 숨을 쉬고 있는 지금, 내가 보내고 있는 이 시간이 소중하기만 하다.

"엄마, 우리보다 더 가슴 아픈 사람이 많아. 우리 아픔에 너무 빠져서 지금 내가 가지고 있는 것들마저 놓치지 말자. 나는 그렇게 살고 싶어. 지금도 너무 좋으니, 앞으로 더 좋아질 거야."

엄마는 때때로 속도 없냐고 하였지만 내 말이 맞았다.

일을 하고 있는 도중에 엄마로부터 메시지가 왔다. 메시지를 열어보면서 웃음이 피어난다.

지금 이 순간이 어찌 감개무량하지 않을까. 별다른 일 없는 평이한 이 일상이 어찌 기적이 아닐까.

'예쁜 딸, 언제 시간 돼? 딸이랑 커피도 마시고 싶고.'

난 웃음이 터졌다. 중얼거렸다. 혼잣말이다.

"우리 엄마가 달라졌어요."

단 한번도, 엄마에게 제발 좀 이제 상처를 놓아두라고 강요하지 않았다. 사람마다 회복되는 시간도 꽃이 피는 시간도 다르다. 어깨에 짊어질 수 있는 고통만 주신다고 하였다. 그렇다면 고통의 무게도 가벼워질 날이 있을 터였다. 그 시간이 언제인지 알 수 없었지만 엄마는 꽃 같은 말을 하고, 쓰러지지 않은 오늘에 감사하며 하루를 보내고 있다.

지진과 홍수와 같은 재난은 막을 수 없다. 외할머니집에서 자라던 그 시절, 열 살 때 홍수가 났다. 잠을 자고 있는데 란이 이모가 다급하게 깨웠다. 방문을 여니 빗물은 정지를 점령했고, 마루 위까지 차오르기 직전이었다. 할머니, 할아버지, 사촌언니, 이모는 보따리에 무언가를 싸서 하나씩 들었다. 나는 이모 손에 이끌려 가장 지대가 높은 향교로 대피를 했다. 태어나 처음으로 겪는 홍수였다.

수백 명의 사람들이 살던 집을 떠나 며칠 동안 강당 같은 곳에서 먹고 잤다. 나는 엄마를 보지 못 하게 될까 봐 두려웠다. 그저 사람들 틈에서 담요 하나만 두른 채 가만히 앉아 있으면서 집으로 돌아갈 시간만 기다렸다.

다행히 비는 그쳤다. 엄마만 하염없이 기다렸던 국밥집 식당으로 돌아갔던 날 나는 박수를 치며 좋아했다. 할머니가 소고기국밥을 끓이던 주방은 난장판이 되었고, 방마다 물이 차올라 흥건했다. 재난으로 삶터는 헝클어지고 망가졌다.

이모와 할머니는 물난리에 엉망이 된 물건들을 한곳으로 모아 씻었다. 나도 내가 숙제를 하고 밥을 먹던 방을 되찾기 위해 걸레를 빨아 이리저리 닦는 일을 반복했다. 두렵고 절망스러웠던 마음을 누르고 다시 살아갈 곳을 되찾기 위해 모든 노력을 해야 했다. 물에 젖어 무겁기만 했던 모든 것이 언제 그랬냐는 듯 햇살 아래 말랐다. 그날부터 나는 덜 마음이 아팠다. 활짝 웃으며 자전거를 신나게 타고 다녔다.

애쓰고 노력해야 얻을 수 있다. 무엇을? 행복을.

행복은 그런 것이다. 사람마다 행복의 정의는 다를 것이다. 함께 누군가와 산다는 것도 행복이며, 여행할 시간과 돈이 있다는 것도 행복이다. 일할 수 있다는 것도 행복이며, 내가 사랑하는 사람을 위해 일을 멈추고 그 사람을 바라볼 수 있다는 것도 행복이다. 지금 내게 행복은 이 순간이다. 내가 쓰는 이 시간은 지나가면 돌아오지 않을 것이기에, 아무리 오늘의 시간이 남아돌아도 밤 12시가 되면 신데렐라가 되어 내 손아귀에서 빠져나가고 만다. 그러니 행복을 누리기 위해 때로는 찾아다녀야 하고, 노력해야 한다. 삶이 지치면 때론 내 삶을 벗어나 다른 삶을 보면 된다. 그럼 바로 알 수 있다. 내가 있는 곳이 얼마나 안락한 곳인지, 내가 얼마나 지긋지긋하다고 생각했던 곳으로 다시 돌아오고 싶은지 알 수 있다. 그렇게 살아갈 힘을 얻고, 힘을 최대한 쓰고, 또 얻으면 된다.

극장이며 거리며 장소를 가리지 않고 발작하고 혼절했던 엄마, 카페에서 마주 앉아 커피 한 잔을 하기도 어려웠던 일상이 내게 찾아왔다. 엄마와 걸었던 바닷가, 엄마와 함께 밥을 먹은 식당, 엄마와 함께 갔던 카페를 기록한다.

나중에 엄마가 하늘로 가면 나는 이 흔적을 읽으며 엄마를 기억할 수 있다. 그래서 내게 이 순간이 너무 중요하고, 너무 행복하다. 이 순간이 내게 살아갈 힘을 만들어낼 것이기에.

언제나 행복이 머무르지 않는다는 것도 알고 있다. 고통이 오면 그 고통을 받아들이면 된다. 고통을 거스르고 막으려고 하니 더 아팠다. 상처가 나면 아물 때까지 보살피면 되고, 아문 상처에 감사하면 다시 행복이 찾아든다.

배 아파 낳은 딸을 성당에서 마지막 미사로 보낸 뒤로 엄마는 독기를 품었다. 하느님을 원망하였고, 세상을 원망하였다. 원망하면서도 모든 것을 놓아버리니 삶에 대한 희망도 의욕도 잃어버렸다. 자식이 원수가 되어 사는 내내 자신을 더 괴롭혔다.

불행은 더 불행을 끌어왔다. 몸과 마음은 갈기갈기 찢겨 매일 찾아드는 아침마저도 반갑지 않게 만들었던 지독한 세월을 살았다. 그런 세월을 견뎌낸 엄마가 다시 성당을 찾았으니 어찌 이 순간을 감사하지 않을 수가 있겠는가. 엄마가 딱 14년 만에 성당을 다시 찾아 나의 뒤에 앉아서 내게 손짓한 그날을 잊을 수가 없다. 엄마는 그날부터 평일에도 주일에도 성당을 찾는다.

그리고 내게 사랑의 말을 전한다.

"평화를 빕니다."

엄마는 이제 엄마의 행복을 찾기 위해 노력하고 있다. 엄마는 내 아들 손을 잡고 말한다.

"할머니 빈자리를 채워줘서 고마워."

매일 찾아오는 행복을 놓치지 말자. 그 행복이 찾아왔다면 내게 오랫동안 머무르도록 하자. 매일 그 순간을 남기고 싶다. 간절하게.

서로 마주 보는 엄마와 딸

문제를 해결하지 않으면 다음에 다가오는 것들은 빨간 신호등에 걸리고 만다. 다가오는 것들이 다시 불행인지, 행복인지 알 수 없지만 문제에 쌓여 삶을 가두면 고통은 몇 배로 올라가게 된다. 지금을 어떻게 사느냐에 따라 다가오는 것들도 바꿀 수 있다.

슬픔을 방치하면 슬픔은 아물지 않는다. 미워하고 증오한다고 해서 내 마음의 미움이 사라지는 것도 아니었다. 누군가를 용서하는 것도 행복이 요구하는 조건이었다. 살아온 세월이 원통하다고 해서 누가 알아주는 것도 아니었다. 문제를 그대로 두고 고통을 모른 척하면 또 다른 문제로 더 고통스럽다. 고통의 반복이 사는 것을 더 어렵게 만들어 삶을 포기하게 만들기도 한다.

이쯤 되면 필사적으로 사는 방식을 바꿔야 한다. 내가 얻은 삶의 진리이다.

다행히도 행복을 찾기 위해 애를 썼다.

툭하면 내뱉었던 말이 있다. 내 동생에게, 내 아들에게 몇 번씩 말했다. 내 행복이 위태로울 때마다, 내게 다시 어둠의 구름이 나를 지배하려고 할 때마다 주문을 외우 듯 말했다.

"나는 이왕 태어난 이 세상, 정말 행복하게 살다가 죽고 싶어. 나는 그럴 권리가 있어. 아무도 이것을 내게서 뺏어가지 못해. 정말 제대로 행복하게 살다 죽을 거야."

전사처럼 자신을 향해 응원하듯 소리를 내어 말했던 것이 비틀거리던 나를 일으켜 세웠다.

혼자 살아가는 삶을 선택한 그날부터 나는 나를 향해 위로의 말을 해 주었다. 나를 향해 힘을 나누어주는 이가 없다면 스스로 힘을 불어넣어 주면 되었다. 그럴 힘도 남아 있지 않으면 가만히 눈을 감고 소나기가 그치고 폭풍이 지나가기를 기다렸다.

"괜찮을 거야. 죽지는 않을 거야. 나는 살기 위해 이 길을 선택했어. 괜찮아."

나를 일으키기 위해 내 가슴을 토닥거리며 말했다. 그럼 나의 뇌는 착각을 했는지, 다른 사람에게 위로를 받는다고 여겼던 것인지 흐르던 눈물이 멈췄다. 그 시간도 고마운 순간이다.

홀로 삶을 짊어진다는 것은 무언가를 선택하고 결정해야만 하는 순간마다 스스로 감당해야 한다는 의미다. 그때마다 그것이 얼마나 무거운 것인지 그 하중을 오롯이 느끼곤 하였다. 모든 결정은 이제 오롯이 내게 전가되어 대가는 내 몫이 되었다. 그 대가가 버거운 날이 있었다. 내 마음에도 공황이 왔다. 정처 없이 떠돌고 싶거나, 정처 없이 누군가를 붙잡고 하소연하고 싶은 날들도 있었다. 그런 날은 혼자서는 살아갈 수 없는 존재로서의 나약한 인간 본성이 여실 없이 드러나는 순간이었다. 와인 한 잔에 의지해 잠을 청하며 쓸데없는, 의미 없는 사람과 푸념 섞인 통화를 하다 스스로의 신세가 참담해 울다 잠이 든 날도 허다했다.

이겨냈다. 견뎠다. 견디면 또 힘이 났다. 아이도 심하게 앓고 나면 한 뼘 자란다고 하였다. 나도 아프고 나니 그 무게를 견뎌낼 수 있는 근력이 생겨서 나의 삶을 수정해나갔다.

나는 내 아이 키우기 위해 할 수 있는 모든 노력을 다 하였고 지금도 하고 있다. 가진 것, 돈을 버는 것은 눈에 훤히 다 보일 정도였다. 가진 범위 안에서 내 아이에게 경험할 수 있는 모든 일을 해 주려고 나의 역할을 찾았다.

회사에 갓 입사한 신입사원은 설레면서 두렵다. 일을 하면서 자신에게 절망하고 나아지며 희망을 또 품는다. 일의 순서와 그날의 할 일을 알려주는 선배나 사수가 있으니 서툴러도 해낼 수 있다.

엄마는 그렇지 않았다. 어디에도 내가 처한 환경에서 어떻게 좋은 엄마가 될 수 있는지 알려주는 사람은 없었다. 세상을 살아가는 일에 매뉴얼이 있으면 좋으련만 그런 것은 존재하지 않았다. 나와 아들이 겪는 일에는 정해진 매뉴얼도 없고 정해진 가이드도 없다.

나도 막상 내 인생에서 엄마가 되어 살아보니 돈을 따지고 다음 달을 걱정하는 녹록치 않은 현실이 나를 괴롭혔다. 어쩌면 나도 매달 아이 학원비를 내면서 내 삶에 찌들어 짜증을 내지 않았을까?

해가 갈수록 엄마 노릇도 잘하고 싶어졌다. 아이가 두 살, 세 살, 어린이집에 다닐 때까진 여전히 불안정하여 엄마 도움에 많이 의지했다. 엄마로부터 받은 도움은 나를 나약하게도, 용기를 얻어 강하게도 만들기도 했다. 시행착오를 조금씩 줄여나가면서 내가 원했던 엄마가 되어가고 있었다. 내 엄마 덕분이었다.

엄마가 나를 두고 떠났던 오래전 일에 대한 트라우마는 내 아이를 떼어놓고 키워서는 안 된다는 걸 깨닫게 했다. 어떻게든 함께 몸을 부비며 살아남아야 한다고 수천 번, 수만 번 나 자신을 향해 소리쳤다. 아이로 하여금 삶의 고단함을 먼저 경험하면서 자라게 하고 싶지 않았다. 그렇게 되지 않는다고 해도 살아가노라면 먹고사는 일이 얼마나 고단한 일인지 겪게 될 터였다. 잘 먹이고 싶었고, 행복하게 자라게 하고 싶었다. 마음은 그랬다.

정작 내 아들에 맛난 걸 먹인 건 엄마였다. 엄마가 없었다면 오래전 엄마가 그랬던 것처럼 엄혹한 현실 속에서 피눈물이 났을 것이다.

내 아들을 입히고 먹이는 가장 중요하고도 기본적인 일을 내가 가장 나약할 때 나의 엄마가 해냈다. 결국 내가 살 수 있도록 한 것은 견딜 수 없는 상처로 허덕거리고 있던 엄마 덕분이었다. 엄마는 내게 먹이지 못했던 것을 내 아들에게 다 먹이고 내게 입히지 못했던 것을 내 아들에게 입혔다. 분에 넘칠 만큼.

내가 아이에게 채워줄 수 없는 빈자리에 대해서는 일찌감치 인정했다. 인정하니 할 수 있는 것과 없는 것이 분명했다. 할 수 없는 것을 채우려고 애를 쓰면 할 수 있는 것도 흐트러졌다.

살아가는 방식을 바꿔야 했다. 바라보는 시선의 높이도 조정해야 했다. 먹고 사는 문제에 머물러 몸과 마음을 낭비할 수 없었다.

같이 길을 걷고, 같이 책을 보고, 같이 여행을 하며 나의 아들과 서로를 알아갔다. 음악회에서 손을 잡고 클래식을 즐기며 삶에도 깊이가 있음을 느끼려고 했다. 노래를 좋아하는 아이와 연극과 뮤지컬을 보며 감정의 표현을 길렀다. 공부하는 사람만이 삶의 주인이 될 수 있음을 뒤늦게 알았기에 아이에게 알려주고자 함께 공부하고 있다. 그렇게 내게 주어진 시간을 현명하게 사용하기 위한 방법을 배워가고 있다.

이런 시간도 저절로 온 것은 아니었다. 숨을 쉬고 밥을 편히 먹고, 잠을 잘 자고 싶은 소원이 이루어지는 데만 육칠 년이 걸렸다. 그 시간을 딛고 삶의 한 계단을 올라서게 되었다.

엄마는 내가 한발씩 삶을 치고 나가는 걸 지켜보면서, 내가 내 아들과 잘 살기 위해 삶의 끈을 단 한순간도 놓지 않는 걸 보면서 엄마 역시 바뀌어가고 있었다. 고단함과 외로움에 헐떡거리면서도 용기를 잃지 않고 담대하게 부딪치는 삶의 문제를 하나씩 해결해나가고자 애를 쓰는 딸을 보면서 엄마도 조금씩 견디는 힘을 키워가고 있었다.

엄마는 밖으로 나가자는 내 손을 잡았다. 그리고 누나를 잃고 슬픔에 잠겨 힘들어 하던 늦둥이 아들을 바라보게 되었다. 당신의 아들이 얼마나 힘겹게 그 시간을 지나왔는지 나를 통해서 비로소 인지하게 되었다.

"네가 네 아들에게 하는 걸 보고…. 내 아들과 네게 얼마나 상처를 주었는지 엄마가 알았다. 그 죄를 어찌 갚을까…."

엄마는 나보다 더 용기 있는 사람이다. 자식들에게 미안하다고 고백하고 날마다 사랑한다는 말을 전한다. 엄마는 나보다 더 성장하는 엄마가 되어 삶을 다시 만들고 있다.

엄마와 병원에 가는 길이었다. 난 갑자기 급브레이크를 밟을 뻔했다. 엄마가 내게 오래전 일을 꺼냈다.

"너무 사는 게 힘들어서 너를 할머니집에 두고 나왔어. 그게 잘하는 일인 줄 알았어. 미안하구나."

엄마는 삼십 년도 훨씬 지난 그날의 일을 꺼냈다. 아무런 말도 없이 나를 두고 떠났던 그날을 털어놓았다. 사진 속 나의 두 눈이 그늘져 나무에 기대어 서 있는 내 모습, 그 사진이 평생 가시가 되어 엄마 가슴을 찌르고 있었던 것이다. 엄마는 차마 말을 다 잇지 못했다.

엄마는 내 기억 속에 어딘가에 깊이 뿌리박혀 있던 지나간 시절의 일을 끄집어내면서 목소리가 떨렸다. 딸이 마흔 두 살이 되고, 자식을 키워내는 모습을 보며 엄마는 엄마로서의 자신을 자신을 돌아보고 있었다.

"엄마, 이제 다 괜찮아. 마음 아파하지 마."

나와 엄마는 이제 서로를 바라보고 있다. 세상에서 둘 도 없는 친구가 되었다. 서로의 시간을 되돌아보며 서로에게 오는 시간을 새롭게 맞고 있다.

성장이라는 것은 서로의 현재를 받쳐주고 각자의 인생을 있는 그대로 바라보는 것으로부터 시작된다. 엄마와 나는 진짜 삶을 찾아서 서로에게 물을 주고 있다.

상처를 치유하는 힘

엄마는 스무 해를 곱게 키운 자식을 영원히 떠나보냈다. 작별 인사도 없이 한순간 세상에서 사라져버린 딸로 엄마는 참고 살아온 모든 세월이 원통하였다. 다른 자식은 좀 멀쩡히 잘 살면 좋으련만, 그랬다면 상처에 약을 발라가며 자신을 돌보았을 것을. 그랬다면 그 마음에 공간이 생겨 삶을 그대로 품었을 것이다.

그때 신은 존재하지 않았다. 큰 딸은 곧 이어 아이와 막막한 삶이 되어 기껏 찾아온 곳이 피멍 든 엄마 곁이었다. 들고 들어온 이혼 문제도 마음대로 되지 않아 질긴 인연을 끊어내는 데 몇 년이 걸렸다. 법원을 드나드는 딸을 지켜보며 가슴이 조각조각 부서져 버렸다.

핏덩이 손자는 아토피에, 변비에, 잠투정에 하루도 편할 날이 없이 할머니 애간장을 타게 하였다. 약초물에 목욕을 시키고 밤새 업어 달래가며 재웠다. 비통하고 원통한 세월을 손자를 돌보며 참아냈다.

울화, 슬픔, 고통이 뒤섞인 모든 감정이 용광로에 뒤섞여 끓어오르면 울분 섞인 욕설을 토해내기도 하였다.

"내가 왜 이 꼴을 봐야 해! 언제까지 이렇게 살아야 해! 죽는 게 낫겠어. 눈 뜨는 게 고통스러워!"

엄마가 한맺힌 듯 토해내는 말들이 귓가를 울리면 나는 죄인이 되어 하늘이 무너지고 땅이 흔들렸다. 가슴이 찢어지는 듯한 통증을 참아내며 견뎌야 했다. 매 순간 나는 배가 고프든, 고프지 않든 억지로라도 밥을 떠넣으려 애쓰며 살기 위해 몸부림을 쳤다. 일을 하는 시간엔 울음을 참고 감정을 도려낸 채 일을 했다. 감정을 잘라내고 흘러가는 시간에 기대어 사니 계절도 몰라봤다.

여름에도 한기가 찾아들었다. 엄마한테 꼭 그렇게 말을 다 쏟아내야 하냐고 악을 쓰며 소리치고 싶어도 입을 틀어막았다. 억누르고 참았던 것은 내 상처보다 엄마의 상처가 더 컸음을 알았기 때문이다. 상처 난 자리에 다시 상처가 나니 깊이만 깊어질 뿐이다.

상처를 회복하는 데 만 년이 걸린다 하여도 나는 그 시간을 견딜 수 있을 것 같았다. 어디서 그런 인내가 찾아왔는지 모를 일이다.

내가 나의 상처를 딛고 한 걸음 나갔다고 해서 왜 당신은 한 발 내딛지 못하나 하지 않았다. 기다렸다. 그 시간이 엄마에게도 올 것이라고 기다렸다. 엄마와 여행을 할 수 있을 것이라고 기약 없는 그날을 그리며 한 걸음씩 나갈 때마다 기다렸다. 한 발자국씩 앞으로 나아갈 때마다 나는 엄마와 멀어진다. 걱정이 되기도 한다. 너무 멀어져 서로를 놓칠까 봐. 기우였다.

엄마는 고맙게도 한발씩 내딛는 나를 뒤에서 지켜보고 있었던 것이다. 내가 엄마의 등을 바라봤던 날은 여행을 떠난 날이었다. 엄마는 나보다 내 뒷모습을 훨씬 오래전부터 바라보고 있었다. 엄마의 시선을 그저 딸과 아들에게 두고 있었기에 가능한 일이었다. 아무리 자식이 삶을 고단한 것으로 만든다 해도 그 자식으로부터 살아갈 힘을 얻는 게 부모였다.

한 달에 한 번, 엄마와 소풍을 간다. 비록 그곳이 신경정신과인지라 마음 편한 길은 아니지만, 돌아오는 길에 엄마와 점심을 먹고, 장도 보니 소풍을 가는 날이라고 생각한다. 엄마는 병원에 가는 것도 이제는 미안해한다.

"엄마, 나들이 간다고 생각해. 병원 가는 게 아니면 또 집에만 있을 거였잖아. 좋은 날이야."

아무리 걷어내도 걷히지 않던 자욱한 슬픔의 안개가 희미해지고 얇아지고 있다. 이제는 어떤 폭풍우가 몰려와도 두 팔 벌려 환영하는 여유가 생겼다. 살아야 한다는 책임감은 내가 걸어가는 모든 길목에서 나를 깨웠다.

시동을 걸고 천천히 운전을 한다. 내게도 쉼을 주는 시간이다. 엄마와의 대화도 자연스럽다.

대화는 시간을 넘나든다. 현재와 과거를 드나들며 미래를 말하기도 한다.

막내가 취직을 하고 독립하였으므로 마음이 적적하기도 할 터였다. 엄마는 허전했던 마음을 이실직고했다.

"그래도, 한 놈이 가고 나니 한 놈이 채워주잖아."

가버린 녀석은 아들이고, 채워 준 한 놈은 손자 녀석이다. 할머니 어깨를 감싸안고 팔짱을 끼고 다니니 얼마나 다행인가. 날마다 자라는 손자는 케케 묵은 어둠과 슬픔의 단어들을 할머니 가슴에서 밀어내는 역할을 하고 있다. 엄마는 갑자기 깊은 숨을 몰아쉰다. 느낌이 이상하다.

"요즘에 엄마가 계속 눈물이 났어. 이런 말은 엄마가 안 하려고 했는데, 하지 않으면 엄마가 눈물이 멈추지 않을 것 같아서…."

"무슨 일이야?"

"자꾸만 너 혼자 애 낳으러 혼자 병원에 간 게 생각이 나서… 에미가 돼서 딸 년이 혼자서 애를 낳게 놔두고…. 이런 말을 하면 네가 많이 아플 텐데."

갑자기 눈물이 폭포가 되어 흘러내렸다. 가슴이 떨렸고, 심장이 북처럼 두근거린다. 눈물을 닦을 수도 없다. 신호등만 바라본 채 주르륵 눈물이 흘렀다. 파란 신호등으로 바뀌기를 기다리고 있는 내 손등 위로 엄마가 손을 얹었다. 그리고 내 볼에 흐르는 눈물을 닦는다.

"엄마가 미안해, 우리 딸."

한참을 울었다. 어깨가 들썩인다. 뜨거운 눈물을 몇 겹은 흘리고 나니 마음이 가벼워졌다.

"엄마, 이제 그런 마음도 갖지 마. 그땐 모두가 그럴 수밖에 없었어. 그게 최선이었어."

이제 혼자 위로하지 않아도 된다. 나는 이제 내게 위로하지 않는다. 억지로 힘을 내려고 애쓰지도 않는다. 행복을 얻기 위해 노력은 하지만 이전과 다르다. 살다 보니 행복을 찾는 노력도 달라졌다.

엄마는 내게 위로하고, 나는 엄마를 위로한다. 서로 아픔을 딛고 한 발 내딛으니 돌멩이만 가득했던 마음에 바다가 생겨 파도가 친다. 꿈쩍도 안 했던 돌들이 파도에 움직여 빠져나가기 시작했다. 시간이 한참 흐르고 난 뒤 우리는 서로의 달라진 모습을 알아보기 시작했다. 시간은 변화를 일으키는 마술을 부렸다. 슬픔을 이제는 내보내야 한다.

내 손에 잡은 것이 많아서 손이 아픕니다.
등에 짊어진 삶의 무게가 온몸을 아프게 하고

매일 해결해야 하는 일 땜에 내 시간도 없이 살다가
평생 바쁘게 걸어 왔으니 다리도 아픕니다.
내가 힘들고, 외로워질 때 내 얘길 조금만 들어 준다면 어느 날 갑자기 세월의 한복판에 덩그러니 혼자 있진 않겠죠.
큰 것도 아니고, 아주 작은 한마디, 지친 나를 안아주면서
사랑한다. 정말 사랑한다는 그 말을 해 준다면

나는 사막을 걷는다 해도 꽃길이라 생각할 겁니다.
우린 늙어가는 것이 아니라 조금씩 익어가는 겁니다.
우린 늙어가는 것이 아니라 조금씩 익어가는 겁니다.
저 높은 곳에 함께 가야 할 사람 그대뿐입니다.
[노사연, 바램]

엄마와 나는 서로의 말을 들어주면서 서로의 아픔을 치유하고 있다. 엄마의 뒷모습을 바라보며 중얼거린다.

'엄마, 가슴에 있는 슬픔을 이제 저 멀리 흘려보내. 내가 다 들어줄게. 어둠에서 나와서 행복을 잡아.'

8장

엄마를 알아간다는 것

엄마가 되어 비로소 엄마를 알아본다.

나는 내 인생을 살고 나서야 엄마를 알아보고 있다.

나이를 먹는다는 것은

세상을 견디게 하는 소중한 기억이 많다는 것이다.

그 기억으로 사람은 성장한다.

알다, 깨닫다, 실천하다

내가 태어났을 때, 엄마는 여자의 일생 중에서 가장 곱고 예쁜 시절, 20대였다. 아빠와 함께 찍은 사진, 빛바랜 사진 속에서 엄마는 긴 머리에 남색 벨벳 스커트를 입고 있다.

나는 엄마의 과거를 모른 채 엄마를 만났다. 그때 엄마는 나를 기르며 행복한 삶을 꾸릴 수 있을 거라고 자신의 삶에 모든 것을 걸었을 것이다.

네다섯 살 때까지 엄마와의 추억은 사진에서나 볼 수 있을 뿐이다. 유치원에 다닐 때쯤 내 기억은 조각조각 나뉘어 구름처럼 떠돌 뿐이다. 좋은 기억은 온데간데없다. 엄마 아빠의 고함소리만 내 어린 시절을 지배할 뿐이다. 서로를 향해 던지는 살림살이가 내동댕이쳐질 때마다 나는 어디론가 보내질까 봐 겁에 질리기도 했다.

이유도 모른 채 외할머니 국밥집에서 자랄 때는 서러워 울고, 보고 싶어 울었다. 내가 성인이 되어 다 자랄 때까지도 엄마는 이삿짐을 싸고 풀며 부평초처럼 떠도는 삶이었다. 나는 단지 아빠의 직업에 따라 받아들여야 생활의 변화 정도로만 생각하는 무심한 자식이었다. 돈에 쪼들리며 꾸려가야 하는 삶이 얼마나 심장을 오그라들게 하는 것인지 알지 못했다. 그저 간이 작아서 엄마의 고함소리에 움츠러들고 피했을 뿐 엄마가 하루하루 살아내는 그 삶이 얼마나 고단하고 고민스러운 것이었는지에 대해서는 들여다보지 못하였다. 딸과 떨어져 살았던 시간, 다시 만나서 함께했던 시간들 할 것 없이 이러나 저러나 고단하기 그지없는 인생의 나날이었다.

'옛날엔… 옛날에는 너무 가진 게 없어서.'

지나간 세월에 대한 엄마의 하소연을 이십대의 나는 귀에 두지 않아서 엄마의 마음을 헤아리지 못했다. 단칸방에서 손바닥보다 조금 더 컸던 아파트를 거쳐 살 만해지기까지 나는 엄마를 그저 억척스럽고 무섭고 무엇이든 해내는 자존심 강한 여자로만 여겼다.

나는 오해했고 착각했다. 아무렇지도 않은 것처럼 잘 살다가도 무언가 엄마 가슴을 쑤셔대는 날이면 엄마는 온갖 표현을 다 동원해 감정을 폭발시켰다. 알다가도 모를 엄마였다.

나도 어느 날 엄마가 되었다. 하루하루 등허리가 터지는 새우가 되어 자식 하나를 키우면서 두 근 반 세 근 반 매일매일 불안한 시간을 보냈다. 아무것도 가진 것 없이 아이 하나만 업고 나왔던 그 시절, 아이를 제대로 키워내지 못할까 잠을 이루지 못하고 불안에 떨었다. 경제력 없이는 비참해지는 자본의 세상이었고 나는 아무것도 없었다. 그리고 내가 가지고 있는 것보다 더 가진 것 없이 나와 동생들을 키워내던 엄마가 눈에 보이기 시작했다. 서운하기만 했던 엄마, 이해할 수 없었던 엄마를 나는 다시 만나게 되었다.

아이와 파리를 여행하던 날, 나는 루브르박물관에서 아이를 잃어버렸다. 1미터 앞에 있던 아이가 혼잡하게 밀려드는 사람들에 휩쓸려 사라졌다. 아이가 눈앞에서 사라졌다는 걸 알아차린 내가 미친 여자처럼 아이 이름을 외치며 찾아 헤맸지만 아이는 없었다. 열 바퀴, 스무 바퀴를 돌며 아무리 찾아도 아이는 나타나지 않았다.

천정이 빙글빙글 돌고 나를 둘러싸고 있던 벽이 사방팔방으로 움직이기 시작했다. 아이가 사라지니 키와 옷 색깔만 비슷해도 모든 아이들이 다 내 아이로 보였다.

한 시간이 지나서야 아이를 찾을 수 있었다. 십 년 같은 한 시간, 나를 미치고 환장하게 만들었던 시간이었다. 잠시 아이를 잃었다가 다시 찾을 수 있었던 사건이었지만 몇 년이 지난 뒤에도 생생하게 떠오르는 기억, 그 일은 내게 트라우마가 되어서 지금도 아이가 제때 전화를 받지 않거나 들어올 시간보다 조금이라도 늦으면 신경이 곤두서곤 한다. 흔적은 그런 것이었다.

학교에 다녀오겠다며 인사를 하고 나갔던 딸아이가 한 시간도 채 되지 않아 싸늘한 주검이 되어 돌아왔을 때, 엄마는 지옥 속에 빠져버렸다. 구 층 지옥 중에서도 가장 고통스러운 지옥, 자식을 잃은 부모의 슬픔에 견줄 만한 슬픔은 세상에 존재하지 않았다.

둘째의 죽음과 큰딸의 불행은 엄마가 평생 끌어안고 살아갈 수밖에 없는 상처를 남겼다. 그 상처는 절대로 아물지 않을 영겁의 상처였고, 엄마의 마음은 땅 밑으로 꺼졌다.

엄마는 상처의 씨앗을 키워내기만 하였다. 어둠 속으로 들어가 사람을 피했고, 감정이 폭발해 포악스러워지기도 했다. 자신도 자식도 갈기갈기 찢어놔야 속이 풀리는 듯하였다.

상처는 화산처럼 들끓어서 엄마의 주변 사람들은 모두 적이 되기도 하였다. 상처를 받을까 두려워 스스로 벽을 세우니 감정은 더 곪아터졌다.

'뭐 하나 괜찮은 게 하나라도 있을 거야.'

먼지라도 좋으니 티끌이라도 찾아내고 싶었지만 아무것도 보이지 않았다. 나는 나대로 닥쳐온 험난한 시간을 빠져나오고자 엄마의 피를 빨아먹는 거머리가 된 처지에 엄마의 아픔과 상처, 슬픔과 분노가 들끓던 날, 버틸 힘을 손끝에서 놓아버리고 엄마와 등을 돌렸다.

오래가지 않았다. 삶의 무게에 짓눌려 숨통이 막혔으니 다시 엉망이 되어버렸다. 엄마에게로 돌아가야 했다. 숨통은 다시 엄마를 보는 것으로만 트이는 것이었음을 알기까지는 오래 걸리지 않았다.

엄마를 알기까지 40년이 걸렸다. 엄마의 오래전 상처를 새롭게 들여다보기 시작했던 그날, 내게도 부서지는 통증이 왔다. 그러면서 어떠한 서슬 푸른 칼날과도 같은 말도 나는 다 참아내야겠다고 생각하고 다짐했다. 엄마의 상처를 다 끄집어내 햇볕에 말려 치유해야겠다는 용기를 내기도 했다. 그 누구도 엄마를 품지 않았으니 나라도 엄마의 눈물을 품어야 겠다고 생각했다. 엄마의 폭풍 같은 감정을 온전히 받아내고 싶었다.

엄마의 상처는 깊어져 현상을 왜곡하기도 하고, 벌어지지 않은 일을 미리 걱정하고, 부풀려 추측하니 마음에 독이 생기기도 하였다.

"엄마, 너무 그렇게 안 좋게만 생각하지 마…."

이런 말은 아무짝에도 쓸모가 없었다. 모든 상황을 부정적으로 몰고만 가는 엄마를 그대로 두었다. 그때부터 나는 엄마 앞에서 눈물도, 짜증도, 서러움도 표현하지 않았다. 가슴이 떨리고 아려도 엄마 앞에서는 담대한 딸이 되어 꿋꿋하게 내 삶을 사는 모습을 보이려고 애를 썼다. 상처와 상처 사이에서 내가 할 수 있는 것은 예민하게 반응하지 않으면서 너그러이 넘기는 것, 언덕을 넘듯 천천히 그 시간을 견디는 것이었다.

그 시간이 일 년이 지나고, 이 년이 지나고, 십 년이 다 되어갈 무렵, 엄마의 상처는 햇살이 비추고 바람이 넘나드는 곳으로 흐르기 시작했다. 엄마와 어둠의 시간을 견딘 시간이 십 년을 넘어서면서 조금씩 바뀌기 시작했다. 진물이 흐르고 덧나기만 했던 상처가 아물기 시작했고, 엄마는 상처를 드러내 바람이 통하도록 힘을 내기 시작했다.

있는 그대로 사람을 껴안고 사랑해주고, 사랑하는 것만이 상처를 치유할 수 있었다. 말없이 엄마의 상처가 햇빛이 비추는 곳으로 나올 때까지 기다라는 게 내가 한 것의 전부였다. 엄마와 따뜻하게 나무 아래, 바닷가를 거니는 상상을 하며 그 꿈만 이루어져도 좋다고 생각했다.

엄마에 대한 마음이 변화를 일으키기 시작한 건 내가 엄마를 진정으로 알아보기 시작했을 때이다. 사람을 진정으로 알게 된다는 것은, 사람을 사랑한다는 것은 그 상처와 세월을 고스란히 품는다는 것이다.

일부러 강한 척할 필요도 없다. 일부러 핏대를 세우며 내 마음을 당신에게 보일 필요도 없다. 나는 내 삶을 살고 내 할 일을 하며 곁에서 들어주고 기다리기 만해도 충분하였다.

엄마의 말을 귀담아 듣게 되었다. 그 말이 지난 시간에 대한 하소연일지언정, 모른 척하지 않는다. 듣다 보니 엄마는 미래의 희망에 대해서 말하기 시작했다.

"이제 좋은 일이 있을 거야. 우리 딸, 사느라 고생했다."

엄마는 이제 엄마의 시간을 조금씩 찾아서 삶을 되찾고 있다.

오늘도 엄마는 내게 묻는다.

"딸, 엄마랑 언제 커피 마셔? 언제 우리 바람 쐬러 갈까?"

이제 아팠던 시간이 희미해지고 있다. 엄마에게 응답한다. 엄마의 시간과 엄마의 아픔과 엄마의 목소리에.

엄마가 되어서 엄마를 보다

늘 엄마를 부르고만 살다가, 늘 엄마라 불리는 삶을 살고 있다. 엄마를 부를 때는 무언가 필요할 때였다. 혼자 해결하지 못하는 게 있을 때, 몸이 아플 때, 마음이 아플 때, 결국 이혼을 하게 되는 순간조차도 나는 엄마를 불렀다. 내게는 필요조건이었다.

엄마는 나무였다. 나무가 되기 위해 세월을 견뎠다. 아무도 알아주지 않는 어느 곳에서 씨앗이 되었던 엄마는 어린 나무가 되었을 때도 내어줄 수 있는 것을 내어주고 어느 한 곳에 상처를 남겼다. 그 상처가 비바람에 생긴 것인지, 폭풍에 생긴 것인지, 지나가는 사람이 던진 돌멩이에 생긴 것인지 알아볼 수는 없었다.

가늘고 연약했던 나무 줄기는 울퉁불퉁한 상처를 품은 채로 굴곡진 어른 나무가 되었다. 상처를 안고 이십 년 세월을 견딘 나무는 햇살을 머금고 잎이 울창해져 멀리서 바라만 봐도 눈이 부실 순간이 다가오고 있었다. 나무의 자식들은 어린 나무가 되어 엄마 나무 주변에서 햇빛과 물, 공기를 머금고 자라고 있었다.

살아가는 동안 겪는 대부분의 일은 예고가 없다. 비도 아니고, 천둥도 아니다. 아무 소리도 없이 쓰나미처럼 와서 어린 나무 하나를 통째로 부러뜨리며 주변을 폐허로 만들었다. 어른 나무는 가지가 잘려나가고, 잎이 떨어져 남은 것이 없게 되었다. 둥지도 힘을 잃어 메말라가고 있었다. 기대기도 힘들 정도로 나약해졌다. 벌판에 덩그러니 혼자가 되기를 자처하기도 했다. 모든 것이 푸르고 빛나고 있어도 혼자 왕따나무가 되기를 선택했다. 뒤꿈치를 들어야 낮아진 그루터기가 보인다.

그럼에도 딸은 그루터기 주변을 맴맴 돌았다. 땅속 뿌리는 다시 일어나기 위해 흙더미 속에서 웅크리고 있다. 자식들 징글징글하다, 소리치면서도 가슴 속엔 걱정과 안타까움 뿐이어서 언제든 자식들을 위해 싹을 돋울 힘을 조금씩 키우고 있었다. 아무도 보지 못하는 캄캄한 땅속에서 모든 것을 지탱하고 있었다.

엄마를 좋아했다. 좁은 집에서 얼마 되지 않는 살림살이를 이리저리 옮기고, 등가구를 만들고, 초록 화분으로 가득 채웠던 엄마, 꽃을 보며 삶에 애착을 보였던 엄마, 망치질도 잘하고 이삿짐 직원보다 더 이사를 잘했던 엄마, 모든 음식을 잘해서 뚝딱 만들었던 엄마, 입히고 먹이는 것이 부족하지 않아야, 자식들에게 가는 것이 많아야 견딜 수 있었던 엄마였다.

엄마를 두려워했다. 내 귀를 쩌렁하게 울렸던 엄마의 고함소리, 사는 것에 허덕이느라 고달팠던 어느 날 삶에 대한 지긋지긋함을 토해내던 엄마로부터 언제 불똥이 튀어오를지 몰라 나는 겁을 내곤 했다. 말문을 열까 하다가도 엄마의 표정과 마음을 살피다 닫아버린 적이 수없이 많았다.

그러면서도 엄마 옆에 붙어 있고 싶어 주변을 맴맴 돌았다. 엄마를 이해하는 것은 불가능하였고, 나보다 강하고 나보다 억센 엄마에게 순응하는 것이 전부였다.

왜 나를 앞에 두고 그렇게 지지리도 가난했던 국밥집 시절, 원수와도 같았던 형제, 돈이 없어 외상을 달고 살던 얘기를 주저리 늘어놓았는지 세세히 다 이해할 수 없었다. 왜 그렇게 아빠와 싸워댔는지, 돈 때문에 죽겠다던 그 시절에 왜 살림살이는 내동댕이쳐 부쉈는지, 목 놓아 울었는지 죽었다 다시 태어나도 모를 일이었다. 무엇이 엄마의 삶을 가시 돋게 만들었는지 나는 알 턱이 없었다.

태어나자마자 내가 처음 눈빛을 마주친 사람은 엄마인데, 엄마를 알지 못한 채, 엄마를 부르고 살았다. 가장 많이 불렀던 그 엄마를 가장 많이 모르고 살았다. 커가면서 엄마에 대한 두려움의 문턱도 낮아져 엄마를 마주할 무렵 집을 떠났다. 세상을 다 내 발로 밟고 다니고 싶고, 내가 보는 모든 것이 다 아름답다고 여겼던 시간, 가장 예쁠 시절, 그 시간은 오래 가지 않았다.

아이를 낳고 혼자가 되어 엄마 곁에 다시 돌아왔다. 모르고 살

앉던 엄마 곁으로 와서 이제 남아 있는 그루터기마저 뒤흔들고 있었다. 나는 엄마를 보게 되었다.

그루터기 옆에 남아있던 어린 나무는 시들어 있었고, 물과 햇살을 간절하게 기다리고 있었다. 성년이 된 나무는 기울어져 한쪽 나뭇가지가 병이 들었는지 지탱하고 서 있는 모습이 위태로웠다. 그루터기만 남은 나무 옆에서 쓰러지지 않고 잎을 자라게 하려고 안간힘을 썼다.

막상 나도 엄마가 되니, 나무가 되어야 했다. 어떠한 비바람이 몰아쳐도 엄마는 꺾여서는 안 되었고, 무슨 일이든 해결을 할 수 있는 사람이 되어야 했다. 내가 준비가 되어 있든, 되어 있지 않든 그건 상관없었다. 그저 모든 상황이 나를 엄마로 만들었다. 나는 나무들 중에서도 가장 단단하고 아름다운 나무가 되고 싶었다. 혼자서 아름드리 큰 나무가 될 순 없었다. 주변의 모든 것을 감내해야 했고, 뼛속까지 아프고 나서야 한 뼘씩 자랐다.

엄마가 되고 나니 이상한 일이 일어났다. 다가오는 미래를 생각하며 분명 현재를 살고 있다. 어떤 장면, 혹은 아무 이유 없이 예전의 일들이 나이를 먹을수록 공 튀듯 올라온다. 잊었다 했던 일들이 한 번씩 솟아오르면 불면증까지 찾아와 괴롭혔다. 그때부터 나는 엄마의 과거와 현재를 자유롭게 넘나들기 시작했다. 반평생을 살게 되니 마치 내게 없던 능력이 생긴 듯, 엄마가 내 몸 안에 들어오는 착각을 일으켰다. 안개 속에 가려져 있던 엄마의 어린 시절이 마치 영화를 본 것처럼 어느 순간 파노라마로 스쳤다.

일곱 살 여자아이가 뚝배기 쟁반을 이고 시장길을 걷는다. 콩나물을 다듬고 동생을 돌본다. 학교에 가는 아이들을 부러운 눈길을 쳐다보다 매를 맞기도 하고, 치매 걸린 할머니와 욕쟁이 아버지의 화풀이가 소나기처럼 쏟아진다. 싸늘한 냉기로 가득한 부엌에 쪼그리고 앉아 쌀을 씻고, 나를 떼어두고 간 뒤 눈물을 흘렸을 엄마가 내 눈에 다 보였다.

장례식장에서 비명을 지르고는 정신을 잃고 허공에 손짓을 한다. 내 아들이 밤새도록 가려운 피부를 잡아 뜯는 모습에 손을 감싸쥐고 업어 달랜다. 고기를 갈아 이유식을 만들고, 아토피를 낫게 하겠다고 약초를 끓여 품에 안고 목욕을 시킨다.

나는 엄마가 얼마나 자식에 목숨을 걸고 살아왔는지 알았다.

나는 내 아들과 나 사이에 적당한 공간을 두어 자식에 목매는 엄마가 되지 않으리라 생각하였다. 개꿈이었다. '아' 소리만 들려도 심장이 철렁 내려앉았다. 이리저리 돈 계산을 하다가 통장 잔고에 바닥이 나는 느낌이 들면 매사에 조급해졌다. 혼자서 짜증이 나기도 했다. 스스로 날 통제하고 다스려야겠다는 생각이 들면서도 감정은 미친 듯이 오르락내리락하였다. 해가 떴지만 내 삶은 해가 져서 영영 떠오르지 않을까 봐 불안해하며 밤을 보내기도 하였다. 내가 살고, 내 아이를 키우기 위한 삶이었음에도 사는 일이 힘에 부치면 아이를 향해 매섭게 짜증을 내기도 했다.

엄마로 살게 되니 알게 모르게 엄마처럼 그대로 아이에게 되돌려 주는 나를 경계하기도 했다. 그러면서도 나는 내 자식을 곁에 두고 살아남고 싶었다. 여리고 순했던 내게도 악착 같은 엄마의 근성이 날마다 근육을 키웠다. 내가 엄마가 되어 가는 동안 엄마는 다시 나의 엄마가 되었고 내 아이의 할머니가 되었다.

곁에서 머무는 수 년 동안 엄마와 핏발 서린 대립과 갈등을 겪으며 다가오는 계절마다 서로 쓰라린 가슴을 때리고 원망하기도 했다. 때때로 흙 속에 묻혀 있던 뿌리 하나가 불쑥 튀어 올라오기도 했다. 다시 탁탁 그 뿌리를 누르고, 참고 기다리며 나는 큰 나무가 되어갔다.

엄마가 되어 엄마를 알아보게 되니 나는 내가 선택한 이 삶을 살고 싶은 마음이 더 커졌다. 내 아이가 커나가는 시간은 강물이 바다로 흘러가는 것보다 더 빨랐다. 엄마가 할머니가 되어 백발이 되어가는 시간은 나를 공허하게 만들기도, 마음이 아리기도 하여 가는 시간이 때때로 원망스럽기도 했다.

아직도 살아갈 날이 많은 나이라고 했지만 수면제를 먹어야 잠이 드는 엄마의 시간은 멈춰버린 지 오래였을 것이다. 모든 것이 부정적이 되어, 삶에 대한 의지를 놓아버렸던 그 시간 동안 입에서 흘러나오는 소리는 칼보다 더 날카로워 서로를 아프게만 하였다.

단단한 나무가 되는 길은 쉽지 않았다. 그래도 모진 시간을 견디었다. 내가 엄마를 몰랐을 때 나의 엄마가 견딘 것처럼.

그루터기에 싹이 돋기 시작했다. 댕강 잘려 그루터기만 남았어도 초록 잎이 하나 둘 돋아났다.

엄마는 그런 존재였다. 험한 풍파가 와도 시간이 지나니 다시 힘을 내기 시작했다. 서로를 살피며 햇빛과 비를 맞았다. 어색한 침묵과 고요는 사라졌다.

엄마가 되어서야 엄마를 이제 누구보다도 가장 잘 알게 되었다. 엄마는 또 그런 자식이 안쓰러워 남은 생애 내 아이를 힘이 닿는 데까지 품으려고 한다. 남은 그루터기로도 얼마든지 엄마는 내어줄 수 있었다. 두 엄마는 서로를 바라보며 매일 서로 맞닿으려고 바람과 만난다. 어떤 바람이어도 환영하면서.

엄마, 나도 엄마를 사랑해

"축하해요. 산모님. 아이 손 발, 다 정상이고요. 아가가 엄마 냄새 맡을 수 있도록 안아주세요."

팔다리가 늘어져 땀에 젖은 내 가슴 위로 발가벗은 아기가 올려졌다. 아이는 쌔근쌔근 숨을 몰아쉬며 숨이 넘어갈 듯 터뜨린 울음을 금방 그쳤다. 뜨거운 눈물이 양 볼 옆으로 흘러내렸다. 내 곁에 아무도 없어 밤새 무서움에 떨었다. 숨을 내쉬는 것도 힘들었던 나는 내 품에 안겨진 아이를 보자마자 엄마가 되어 울음을 참았다. 우리는 그렇게 만났다.

나의 아들은 나의 과거를 모른 채 엄마가 된 나를 처음 보았다. 나는 아이의 과거부터 현재를 모두 알고 있는데, 내 아들은 내가 얼마나 고통스럽게 엄마가 되었는지 알지 못했다. 당연한 일임에도, 가끔 내 아들에게 서운함을 느꼈다.

'왜 내 속을 모르냐고.'

나도 엄마를 이해하지 못했으면서 내 자식에게 나를 이해하기를 바라고 있으니 바람 빠진 풍선처럼 힘이 빠지기도 했다. 다 품을 수 있을 듯했던 그 마음이 어떤 날은 간장 종지보다 더 작아져 눈물 그렁한 아이를 품지 못한 채 모진 말을 더 하고 말았다.

"엄마 없이 살아 봐!"

말도 안 되는 소리를 질러놓고 기가 막혀하며 냉장고 앞에서 털썩 주저앉았다. 알 턱이 없는 내 아들에게 아이처럼 알아주기를 바라고 있는 나를 보며 "정신 차려" 하고 중얼거렸다.

갑자기 웃음이 터졌다. 사는 동안 사람을 진심으로 이해하며 보았던 적이 얼마나 있었을까, 하는 의문이 들었다. 가족과도 서로를 안다 모른다 하며 긴 세월을 살았으니 말이다.

얼마 전 엄마가 아들을 데리고 백화점에 다녀오겠다고 말했다. 작년에도 엄마는 내 아들에게 코트 두 벌을 이미 사 입혔다.

"백화점에 간다고? 지금 당장 살 것도 없는데?"

"너는 에미가 되어 가지고는 애가 바지가 짧아졌는데 그걸 몰라?"

"아, 알았어. 가자, 가."

바지 사 입히는 걸 고민하고 있었는데, 일에 쫓겨 잠시 잊었다. 그러면서도 엄마를 잘 감시하기로 마음을 굳게 먹었다. 분명 엄마는 바지만 살 턱이 없기 때문이다.

역시, 생각대로였다. 바지를 사기 전에 이미 스웨터부터 두 개를 샀다. 말리고 싶은 말이 턱까지 치고 올라왔다.

조금이라도 추울까 봐 기모바지, 울로 된 슬랙스 하나를 더 골라서 입힌다. 또 그 옆에 걸려 있는 세무 재킷도 만진다. 이제 엄마를 막아야 할 시간이다.

"엄마! 그만 사. 안사도 돼, 가자."

"너는 왜 그렇게 엄마한테 일일이 간섭을 하냐. 내가 내 손자 입히는데 뭐가 어때서!"

"아니, 작년에도 옷 사서 입혔고, 바지만 하나 산다고 했지 누가 이렇게 또 옷을 한꺼번에 사. 돈이 남아돌아?"

엄마와 나는 자주 돈 쓰는 걸로 충돌하곤 했다. 나는 딱딱 필요한 것 외에는 사지 않는 성격이다. 짠순이가 따로 없다. 그렇다고 부족하게 보이게 하지는 않는다.

엄마는 티 하나를 사더라도 색깔에 고민이 없다. 아이한테 어울린다 싶으면 두 개 세 개 집어 들었다. 어릴 때부터 늘 그랬다. 엄마의 자식 사랑은 고마운 일이지만 꼭 그렇게 사야 하는지에 대해선 이해할 수 없는 일이다. 옷뿐만이 아니다.

소고기는 더 가관이다. 미국산은 제외지만 호주산이면 어떤가. 난 크게 관여하지 않는다. 자식들 입에 들어가는 건 꼭 한우여야 한다고 고집한다. 일주일 전에도 차돌박이와 등심을 먹고 싶다는 손자 말에 소고기를 몇십만 원 어치 사서 냉장고에 쟁였다.

"엄마, 무슨 고기를 이렇게 많이 또 샀어. 누가 보면 식당하는 줄 알겠어."

"애가 먹고 싶다는데 그럼 먹여야지, 또 잔소리야? 엄마 마음상하게 하지 말고 아무 소리 말어."

입을 꾹 다물었다. 할 말이 잔뜩 쌓여 말을 못하니 엄마가 해놓은 음식을 잔뜩 먹기만 한다.

'정말 왜 이렇게 돈을 쓰는 건지 이해를 할 수 없어.'

어렸을 때는 왜 돈에 그렇게 궁색했는지 이해를 못했고, 이제는 왜 그리 자식들에게 끝도 없이 해 줘야 속이 편한 건지 이해를 할 수 없다. 딸인 나는 이래도 문제고 저래도 문제다.

하나부터 열까지 나열하면 엄마와 맞는 것보다 맞지 않는 것이 훨씬 많았다. 나는 다가오는 시간을 생각하며 과거를 많이 잊으려고 했고, 엄마는 과거를 온몸에 담고 있는 사람이었다.

엄마는 어릴 때부터 지금까지 살면서 수십 년 동안 있었던 일을 거의 다 기억하고 있으면서 툭하면 옛날 일을 끄집어내었다. 마음에 여유가 있으면 아무 말 없이 듣고 있다가도, 지금을 살기도 바쁜데 왜 그 일을 담고 있을까, 라는 생각이 들면 인내심이 사라진다.

"엄마, 다 지나간 일이잖아. 그래도 지나왔잖아. 이제 좋은 일을 생각하면서 살면 안 될까?"

"너는 엄마가 살아온 세월을 몰라서 그런 말을 하지."

한 귀로 듣고 한 귀로 흘리기도 했던 것은 이해하는 마음이 모자라서다. 어릴 때는 전혀 알아듣지 못했고, 이십대가 된 딸은 사십대가 된 엄마의 말을 하소연으로 들었다.

삼십대가 되어 엄마로 살다 보니 엄마의 시간을 알아보기 시작했다. 마흔이 넘어가면서 엄마를 비로소 이해하고 있다. 이해하고 있어도 모든 것을 다 알아내지는 못한다.

내 의지와 달리 떠도는 삶의 흔적은 머리에서 곱게 정리가 되지 않는다. 서랍 속에 옷도 꺼내다 보면 이리저리 흐트러져서 엉망이 되는데, 시간의 기억을 어찌 내 마음대로 꺼내고 집어넣고 하겠는가. 자다가도 훅, 김치를 담그면서도 훅, 떠오르는 생각을 어떻게 통제하는가. 막상 나도 살아보니 때때로 기억이 나를 앞으로 나가는 걸 막을 때가 있다.

모든 것을 다 알고 이해하지 않아도 된다. 사람을 모두 이해할 정도로 마음이 크지도 못하며 나라는 사람 자체가 불완전한 존재이다.

나는 엄마를 의지하고, 엄마는 나를 의지하고 있다. 엄마도 처음부터 엄마는 아니었다. 엄마는 이제 할머니가 되었다.

아무도 알아주지 않고, 아무도 이해해주지 않았던 엄마의 시간, 엄마의 마음에도 돌봄이 필요하다. 이해하면 어떻고 이해 못하면 어떠한가.

나의 엄마라는 사실에는 변함이 없다. 엄마와 좋은 기억을 만들고 싶다. 나중에 엄마가 없을 때 그 기억으로 살아야 하기 때문이다.

엄마의 마음을 이제는 잘 다독이고, 잘 보살펴야겠다. 아무도 몰라주는 그 시간을 살아온 당신을 스스로도 돌보지 못하여 마음에 돌멩이가 잔뜩 쌓인 채 무겁게 살지 않았던가.

나무 사이를 걷고, 바다를 걷고, 때로는 울퉁불퉁한 길을 걸으면서 엄마의 마음에 가득했던 돌들을 남김없이 다 빼내어 최대한 가볍게 눈을 감을 수 있도록, 앞으로 남은 시간은 더 이상 풍파를 겪지 않고 고단한 삶이 되지 않기를 나는 기도한다.

이해하지 못해도 상관없다, 나의 엄마니까. 화를 내는 엄마도 사랑하고, 잔소리를 잔뜩 하면, 잔소리 하는 엄마도, 욕을 하는 엄마도 다 사랑한다. 넉살도 더 좋아져서 소리치는 엄마를 보고 웃고만 있다.

어떠한 모습이어도 당신의 딸이기에 내게 어떠한 모습을 보여도 엄마 마음을 보살필 수 있다. 이제 분명히 알고 있다. 내가 엄마를 사랑한다는 것을.

엄마가 내게 '사랑하는 딸'이라고 말하는 것처럼, 나도 엄마에게 전한다.

'엄마, 나도 엄마를 사랑해.'

내 삶을 받아들인다는 것

스물다섯에 결혼을 했다. 아이처럼 내 미래를 상상했다. 나만의 성에서 예쁘게 사는 모습, 모든 것을 품어 주는 큰 산이라고 여겼던 사람, 좋은 엄마와 좋은 아내가 된 나를 그리며 마음속으로 함성을 질렀다.

어릴 때도, 어른이 되어서도 사람 됨됨이를 알아보는 눈이 밝지도 계산이 빠르지도 않았다. 보이는 대로, 들리는 대로 믿는 것이 때론 나를 수렁 속으로 넣을 수도 있다는 걸 깨닫고 알아차리는 데만 십 년이 넘게 걸렸다.

인생이란 계획대로, 뜻대로 되지 않는다는 말은 어디서부터 흘러 나왔을까. 언제부터였을까. 인류가 시작된 이래로 인생은 계획대로 되지 않았을까. 그렇다면 위로가 되기도 하지만, 가끔은 내가 무언가 쥐고 있던, 형체는 없는 무언가가 스르르 빠져나가는 느낌이 든다.

결혼을 하고 몇 달이 채 되지 않아 나를 잃었다. 무언가를 성취하지 못해 느끼는 불안감보다 나를 잃고 있다는 두려움은 무엇으로도 설명할 수 없는 공포였다. 몸을 바르르 떨었고, 작은 소리에도 깜짝 놀랐고, 온몸에 힘이 들어가면서 경련이 일어났다. 몸과 마음에 병이 들고 있다는 걸 감지하는 날은 눈물이 쏟아졌고, 벗어날 수 있기만을 간절히 바랐다. 왜 내가 이런 시궁창에 빠졌는지도 알 수 없었다. 온몸에 두드러기가 솟아서 머릿속, 피부 아래로 벌레가 기어다니는 듯했다. 손가락에 힘을 주어 미친 듯 긁어대 피를 낸 채 가라앉는 피부를 보고 나서야 나에게 닥친 시련을 받아들였다.

탈출구는 내가 아들을 낳은 뒤에야 비로소 이루어졌다. 한 사람과의 인연을 끊어내는 것은 인연을 맺는 것보다 더 어려운 일이었다.

엄마는 내가 이혼을 하고 혼자서 어떻게 아이를 키우며 살아갈 수 있을지 걱정했다. 넉넉하지 않아 딸을 돕지 못하는 걸 못내 속상해하기도 했다.

그럴 일이 아니었다. 이미 엄마는 내 아이를 키우고 있었고, 먹이고 입히고 있었다. 무엇을 내가 더 받을 것인가. 넘치게 받았다.

어릴 때 외할머니집에 맡겨져 자랐던 시간, 이리저리 전학을 다니며 계속해서 낯선 상황에 적응해야 했던 경험들, 대학에 다니게 되면서 독립해 지냈던 시간들로 인해 나는 혼자 사는 법을 조금씩 터득하고 있었다. 이미 혼자 사는 법을 배웠다. 혼자 밥을 먹고, 혼자 잠이 들고, 혼자 길을 걷고, 혼자 우는 법을 배웠다. 그런 경험이 빛을 발하게 될 줄 누가 알았을까. 지금 내가 걷고, 지금 내가 하는 일이 현재의 나와 아무런 상관없는 일이라 할지라도 훗날 나를 이어주는 작은 점선이 되는 것이었다.

이혼소송이 마무리되기까지 3년이 넘게 걸렸다. 그 전에 별거를 했던 시간도 있으니 아이를 낳고 이미 혼자가 되었다. 그래도 그 기간 동안은 엄마 옆에서 머물러 있던 시간이라 어려운지 몰랐다.

집을 구해서 나온 그날부터 모든 것이 쉽지 않았다. 아이가 초등학교에 입학했을 때가 가장 괴로운 시간이었다. 가방을 메고 학교로 들어가는 아이 뒷모습을 지켜보는 것이 법원을 드나드는 것보다 더 고통스러웠다.

나를 원망하기도 하였다.

"왜 삶을 이리도 어렵게 만들었을까. 내가 다른 선택을 했더라면 이렇게 살지 않았을 텐데."

돌이킬 수 없는 후회만 할 뿐이었다. 심리치료를 했다. 나는 다시 상처 가득한 시간 속으로 들어 가야 했다. 회복하고 싶었으나 나의 과거를 헤집으면서 상황만 곱씹을 뿐이었다. 날마다 몸살이 났다.

솔직히 말하자면, 나는 내 상처에 익숙해지는 것이 싫었다. 인정하고 싶지 않았다. 그 시간을 곱씹으며 모든 일이 나 때문이라고 인정하고 싶지 않았다. 수치를 느끼고 싶지 않았다. 그래야 내가 살 수 있을 듯 했다. 도움이 되기도 했다. 자책감은 덜 가지게 되었기 때문이다.

숨이 막혔던 시간 속의 나를 들여다 보며 나의 어린 시절을 너무 많이 보게 되었다. 말없이 어느 곳에서 숨죽이고 있는 나, 젊은 시절 엄마 아빠의 싸움 사이에서 눈치 봤던 여섯 살, 엄마 아빠와 떨어져 기죽어 있던 아홉 살, 조용한 사춘기를 겪던 열네 살의 내가 동시에 스쳤다.

아이와 살아가기 위한 힘을 내기도 모자를 판에 과거를 들여다보는 것은 비극의 시나리오에 나를 바치는 것 같았다. 인정하지 않으려고 하자 내가 미워지기도 했다. 적당히 받아들이는 게 필요했다.

그때부터 내가 선택한 것에 대한 대가를 치른다고 생각했다. 결혼을 한 것도 선택이었고, 이혼을 한 것도 나의 선택이었다. 단지 그 과정이 좀 더 거칠었고, 좀 더 아픈 시간이었다고 나를 위로했다. 나를 책망할 여유가 없었다. 나는 아들과 이 삶을 너무 잘 살고 싶었다.

서툴렀다. 그럼에도 해야 했다. 내게 주어진 임무를, 엄마이면서 선생님 역할과 아빠 역할도 해야 했으며 내 삶을 이끌 가장이 되기도 했다. 혼란스럽고 복잡한 감정을 정리하는 것도 쉽지 않았다.

아이가 입학한 그해는 나도 싱글맘의 삶에 입학한 것이라고 생각했다. 처음부터 다 잘할 수는 없었다. 다만 내가 지나온 그 때 그 일에 빠져 나를 괴롭히지 않을 것임을 스스로 약속했다. 지금 이 순간을 살아보자라고 마음먹으니 아이가 여덟 살이 되고, 아홉 살이 되어, 초등학교 졸업을 하는 그 시간 동안 나도 해마다 나은 엄마가 되어갔다.

갑자기 눈물이 쏟아지는 날은 실컷 울었다. 아이가 잠든 어느 새벽에 몸이 고단하고 마음이 지쳐 울던 밤이었다. 날이 밝으면 담담하게 또 하루를 살았다. 벌써 수 년 전이다.

나는 내 상처와, 내 아이의 상처와, 나의 엄마의 상처를 돌봐야겠다고 마음먹게 되는 순간을 떠올린다. 상처의 바다 속에 뛰어들어야 했다. 잘 산다는 것이 돈을 버는 일만은 아니었다.

방법은 몰랐다. 내가 할 수 있는 것만 고민했다. 우선 아들에겐 공부보다는 감정을 더 살피라고 했다. 공부는 나중에라도 얼마든지 기회가 있을 거라고 여겼고, 감정은 한번 상처를 내면 회복이 어렵다고 생각했다. 이미 나는 겪었고, 엄마도 그 터널 속에서 나오지 못하고 있으니 사는 동안 이 문제를 꼭 해결하고 싶었다.

모든 관계에는 공감이 필요하다. 살면서 위로 받은 경험이 별로 없었다. 나의 엄마는 사랑 받은 경험도, 위로받은 경험도 나보다 적었다.

하나씩 내 삶을 받아들이면서 텅 비어 있는 것을 채우려는 작업과 잘못된 것을 수정해나가는 작업을 조금씩 하였다. 아이에게 이성적이지 못한 말을 하기라도 하면 사과했고, 위로를 하는 방법을 찾았다.

내 머리로 이해하는 것보다 그 사람의 마음에 공감하는 것이 먼저였다. 아픈 시간을 지나온 엄마를 이해하는 것이 아닌 같이 마음 아픈 것이 먼저였고, 내 아들의 빈자리를 이해하는 것이 아닌 나로 인해 생긴 그 빈자리를 마음 아파하고 위로하는 것이 먼저였다.

내가 선택한 삶을 인정한다고 해서 회복이 탄력적으로 이루어지는 것은 아니었지만 하루하루를 살아가는 힘에는 탄성이 붙었다. 그날부터 믿었다.

'나는 이 삶을 잘 살아낼 수 있다.'

있는 그대로 바라보고 있는 그대로 드러내는 것도 필요하다. 모든 상처를 다 드러내고 살 수 없으며, 모든 상처에 대해 타인의 이해를 받을 수도 없다. 일일이 상처에 반응하면 지금 내가 사는 시간이 또 흘러가버렸다. 어떤 것은 시간에 흘러가게 두어야 했다. 내 동생의 죽음이 그랬다. 기억나면 기억 나는 대로 마음속에서 품어야 했다. 어떤 상처는 정말 제대로 낫게 해서 다시는 그런 일이 없도록 시스템을 재정비해야 했다.

내 자식을 키우는 일이었다. 처음부터 엄마가 아니어서 수많은 실수를 했지만 같은 일이 반복되지 않도록 엄마 역할을 잘 하도록 노력하는 것이 필요했다.

어떤 상처는 숨겨서는 안 되었다. 나도 때로는 숨이 찼다. 이 삶을 태연스럽게 매일 나아가고 있지만 아파도 안 아픈 척, 슬퍼도 슬프지 않은 척하는 것은 다른 곳에서 문제를 일으켰다.

자신을 회복하는 시간은 사람마다 다르다. 나와 나의 엄마는 서로 다른 존재로 서로 비슷하면서 다른 삶을 사는 존재이다. 모든 사람이 그렇다. 그저 주저앉아 눈물 흘리는 것은 원치 않는다. 울기만 하면 내 마음에 무엇이 있는지 알아차리기 어려웠다는 걸 고백한다. 울다 지쳐 잠이 들었을 뿐이다.

내가 이 삶을 받아들이면서 배운 것은 상처를 대하는 자세이다. 적당히 밝은 곳으로 흘려보내야 한다. 표현하면 된다. 어떻게 바라보고 다루느냐에 따라 다가오는 시간이 달라지기도 한다. 선택한 삶이기에 내게 오는 일도 바꿀 수 있다고 믿었다.

인생, 별 것 없다고 했다. 별 것 없는 인생, 나는 마음껏 살고 싶다. 미워할 것도 원망할 것도 없다. 삶에는 빛도 있고 그림자도 있다. 나는 꼭꼭 숨겨 두었던 내 삶을 이제 환하게 드러낼 준비가 되었다.

판도라의 상자는 내가 열면 된다. 내가 어떻게 보여질지에 대한 고민도 더 이상 하지 않는다.

행복, 행복은 내 노력의 결과이다.

건강한 마음, 건강한 삶은 어떻게 가져야 하는가. 과거에 갇혀 현재를 살지 못하고 미래를 걱정하는 삶은 나를 아프게 한다. 나는 내 과거를 무조건 지우려고 하지 않는다. 그 과거는 내게 살아갈 방향을 알려준 시간이다. 지금 이 시간은 내가 생각하는 미래로 나를 데려가 줄 것이다.

더 이상 과거에 갇혀 사는 나도 아니며, 이 삶이 다른 사람에게 어떻게 보일까를 걱정하며 나를 아무도 안 보이는 곳에 놓아두고 싶지도 않다. 내게 부족한 것은 드러냄으로써 도움을 받으면 된다. 생각보다 선택할 수 있는 것들이 많았다. 선택할 수 있는 삶에는 내가 알지 못했던 행복이 숨겨져 있었다.

지난 몇 년은 그날 그날 사는 것만으로도 힘들었다. 삶에 대한 계획을 여유조차 없었다. 이제는 아니다. 올해를 계획하고 내년을 계획하며 십 년 후 내 모습을 생각하며 내일에 대한 기대를 키우는 내가 되어 있다. 엄마로 사는 일은 나를 더 나아지게 하는 삶이었다.

아픔은 성장하게 하고, 비어 있는 무언가를 알아차리게 한다. 내 삶을 받아들이니 과거를 떠올려도 덜 아프다. 지금 내가 있는 이곳과 지금 내게 주어진 시간이 감사하다. 미래를 생각할 수 있으니 다가올 일이 기대된다.

마음에 균형점이 생기고 있다. 지금을 사는 것이 행복이었다.

서로의 가슴에 사랑을 심기

어젯밤에 엄마에게 들렀다. 며칠 전부터 감기가 심하게 찾아왔는데 통증이 절정에 달했던 날엔 들여다보지도 못했다. 밥은 먹었는지, 약은 제대로 챙겼는지, 좀 나아졌는지 눈으로 확인을 해야 마음이 편하다.

현관문을 열고 들어가니 퀭한 모습으로 주방에서 저녁을 준비하고 있다. 가겠다고 전화를 했더니만 억지로 일어나 움직이는 듯했다.

"좀 어때?"

"주사를 맞아도 똑같네. 한약방에도 들렀는데 약을 먹어도 콧물이랑 재채기가 계속 나."

사 들고 들어온 빵 봉지를 보더니만 이내 잔소리다.

"뭐 하러 이렇게 빵을 많이 샀어. 너도 반 나눠서 가지고 가."

엄마는 끓여둔 미역국과 고등어조림, 얼마 전에 담근 무김치를 꺼냈다. 내가 좋아하는 것만 다 차렸다.

엄마와 한 주 동안 있었던 이야기를 하다가 올해 하고 싶은 일에 대해 이야기했다. 생각지 않은 얘기였다. 늘 혼자 생각하고, 혼자 결정하고, 하고 싶은 일이 있어도 돈이 여의치 않으면 삼켰다. 익숙한 내 의사결정 구조다. 엄마에게 무슨 얘기를 하면 엄마는 걱정과 부정적인 감정이 먼저 튀어나오는 사람이었던지라 무거운 얘기는 꺼내지 않는다. 언제부터인지 엄마에게 하는 이야기가 달라졌다.

엄마가 조금씩 어두운 그림자를 스스로 걷어내기 시작한 게 언제부터인지는 정확히 알지 못한다. 엄마와 이제 비밀이 없다. 슬픈 일도, 고민도 엄마에게 얘기한다.

"엄마, 하고 싶은 일이 있어. 글 쓰는 것도 그렇지만 여기서 내가 계속 살아야 한다면, 이제 일하는 패턴도 변화를 주고 싶거든. 큰 학원을 바라진 않고, 수업 공간 딱 두 개만 두고 애들 가르치고, 독서 모임도 하고, 지금 하는 것들 다 펼치고 싶거든. 방식을 바꾸고 싶은데 조금씩 그 시간이 내게 오는 것 같아."

"돈은 어떻게 하려고? 이 동네에 그런 공간이 있을까?"

"기도를 해야지. 돈은 무서워하지 않으려고. 공간이 주는 힘도 무시를 못한데. 이제 이 말의 의미가 내게 오기 시작했거든. 올해 많이 끌어올려서 해가 가기 전에 환경 변화를 줘야겠어."

"그래, 맞다. 일을 그렇게 하고 싶으면 해야지. 엄마도 기도를 해야겠네."

"엄마 기도가 필요해. 원하는 것을 정확하게 상상하면 이루어진데. 그 말을 믿어. 왜 믿는 줄 알아? 내가 엄마랑 여행가기, 라고 이렇게 써두었잖아. 불가능할 거라고 생각했던 그 일을 했잖아. 하고 싶은 것 다 써두고 하나씩 노력하면 될 것 같아. 확실히 내가 겁이 없어졌어."

"엄마, 아프지 마. 아프면 빨리 나아지려고 노력해야 해. 좋은 일 자꾸 만들어서 갇혀 있던 시간들 이제 다 보내야 해. 내일은 손자 데리러 가야지. 바람 쐬자. 약 먹고 푹 자."

엄마에게 내 마음을 꺼내고, 내가 하고 싶은 일도 말한다. 있었던 일, 속상했던 일도 다 꺼낸다. 엄마는 내게 위로를 전한다. 조언도 해 준다. '잘 될 거야.' 하고 응원도 해 준다. 아들은 하늘을 비행하며 꿈을 전하고 나는 엄마 옆에서 꿈을 전한다. 그리고 엄마는 기도로 그 꿈을 응원한다. 성당을 뒤로 하고, 하느님을 등졌던 엄마가 조용히 성당을 다녀오고 힘을 내서 밥을 먹는다.

서로의 일상에 대한 관심이 사랑이다. 예전과 다른 엄마가 되어 날마다 사랑을 심으니 나도 사랑을 다시 배운다. 밥을 다 먹고 쉬폰 빵을 열었다. 엄마가 좋아하는 빵이다.

"부드럽네."

엄마한테 잘 왔다. 엄마에게 내 꿈에 대해 이야기를 했으니 한 걸음씩 나가면 된다.

길

잃어버렸습니다.
무얼 어디다 잃었는지 몰라
두 손이 주머니를 더듬어
길에 나아갑니다.

돌과 돌이 끝없이 연달아
길은 돌담을 끼고 갑니다.

담은 쇠문을 굳게 닫아
길 위에 긴 그림자를 드리우고

길은 아침에서 저녁으로
저녁에서 아침으로 통했습니다.

돌담을 더듬어 눈물짓다
쳐다보면 하늘은 부끄럽게 푸릅니다.

풀 한 포기 없는 이 길을 걷는 것은
담 저쪽에 내가 남아 있는 까닭이고,

내가 사는 것은, 다만,
잃은 것을 찾는 까닭입니다.

〈하늘과 바람과 별과 詩〉

잃은 것을 찾아가는 일, 걷고 또 걸으며 삶을 이어나가는 일은 길을 다시 되찾게 만들었다. 막다른 길에 다다른 듯했고, 더 이상 사는 것이 의미가 없을 듯했던 시간은 사라졌다. 어느 곳으로든 길은 이어져 있다.

"엄마, 목소리가 왜 그리 힘이 없어."

나는 카페에서 아들을 기다리며 책을 보고 있었다.

토요일, 아들은 수학학원에 있다. 온종일 아이만을 기다리며 나도 카페에서 신문도 보고 책도 보고 글도 쓴다. 그러다 점심시간이 되어 엄마 생각이 나서 전화를 걸었는데 엄마 목소리가 흔들거리니 내 마음도 흔들거린다.

"내가 너 땜에 가슴이 미어지고 서러워서…. 흐흑."

"응? 나 땜에?"

요즘은 평온한 날들이 그래도 지속되고 있었다. 밥 넘김도 괜찮았고, 막내는 승무원이 되어 즐거운 사회생활을 하고 있다. 내 아들도 꽤 괜찮은 사춘기를 보내고 있다. 빠르게 머리를 돌려봐도 딱히 가슴이 미어질 일은 없다 싶으니 이유를 금방 알아차릴 수 없다.

"엄마, 손자도 할머니 사랑받고 잘 자라고 있지. 막둥이도 이제 사회생활 잘하고 있지. 돈 벌어 자기 인생 잘 만들어나갈 거고. 나야 뭐, 물론 사는 게 가끔은 걱정될 때가 있기는 해. 겁이 없어진 거지 걱정을 아예 안 하는 것은 아니야. 그런데 엄마, 사는 게 걱정인 것은 누구나 다 하는 거잖아. 괜찮아, 나만 걱정하는 건 아니니까. 우리 엄마 마음이 왜 그럴까?"

엄마의 목소리가 전화기 너머에서 계속 울먹거린다.

"어제 엄마가 호두 한 봉지 챙겨줄 때 말이야. 너 어제 그거 보면서 뭐라고 했어?"

"응? 뭐라고? 내가 무슨 말을 했는데?"

"엄마는? 엄마는 뭐 먹어? 나 이거 주면? 그렇게 말했지. 이 년아, 그냥 아무 소리 안 하고 엄마가 주면 제발 좀, 아무 소리 안 하고 받아 가면 안 돼? 늙은 나만 몸에 좋은 거 먹니? 너는 혼자 살면서…."

엄마는 내게 챙겨주었던 호두 한 봉지에 괜한 설움이 터졌나 보다. 내가 사는 것을 생각하면 가슴이 미어터진다는 엄마.

"언제까지 그렇게 살래. 에미 가슴이 아파서."

"엄마, 나 이만하면 괜찮지."

나도 이내 눈물이 줄줄 흐르고 있다.

엄마가 무언가 챙겨주면 그때마다 "엄마는? 엄마는?"하고 되물었던 것이 엄마 가슴에 회오리를 치게 만들었던 것이다. 별 일 아닌 일상에 우리는 뜨거워진다.

나도 이제 꽤 경력이 쌓인 엄마다. 엄마는 그런 나를 더 감싸며 늙어가고 있다. 나는 평생 사랑받지 못했던 엄마를 더 사랑하고 싶을 뿐이다. 오랫동안 가슴에 차갑고 날카로운 고드름으로 차 있던 엄마는 따뜻한 온기를 전한다.

서로를 품을 일만 우리에게 남아 있다. 길을 돌고 돌아 서로를 다시 만났다. 가시를 드러내도 괜찮다. 가족이니까. 그 상처를 끌어안고, 흘려보내는 것은 가족만 할 수 있다. 아픔을 다 품어야 하는 존재였다.

하늘을 올려다본다. 파랗고 하얀 구름이 동동 떠 있다. 언젠가 다시 먹구름이 또 몰려올지도 모른다. 괜찮다. 이제 어떠한 일도 딛고 살아갈 수 있으니까.

에필로그

사람을 만나게 되면 그 사람의 과거가 궁금하다. 단순한 호기심이 아니다. 그 사람의 현재 모습은 과거와 연결되어 있으니 더 그렇다. 이전에는 사람의 겉과 속을 다 아는 것이 부담스러웠다. 사는 일이 사람을 너그러이 알게 될 때까지 여유를 주지 않기도 했지만, 어떻게 사람을 알아야 하는지도 서툴러 흐르는 시간에 기대어 사람을 알아갔다. 사람을 안다는 것은 그 사람이 쓰는 언어와 그 사람이 하는 생각을 들여다볼 수 있어야 가능한 일이다.

엄마, 우린 엄마로부터 존재했다. 엄마가 내 앞에 있든 없든 세상을 향한 시작은 엄마로부터 이루어졌다. 선택사항이 아니었다. 어느 날 엄마와 딸 사이가 되어 알게 모르게 의지하며 살았다. 물론 행복한 시간만 있던 것은 아니었다. 따뜻한 사랑만 받았던 것은 아니라고 생각했다.

어린 시절 보았던 나의 엄마는 강하고 억센 사람이었다. 가시

같은 말도 아무렇지 않게 내뱉어 엄마에게 가까이 다가가는 것은 쉽지 않은 일이기도 했다. 분명히 내 몸 어딘가에 어릴 때 받은 상처가 각인되어 있어 때때로 나는 그 시간에 갇혀 마음 아파했다. 모든 것에는 이유가 있었다.

그래도 과거는 바꿀 수 없다. 이것을 인정하고, 내게 있는 문제를 최대한 드러내어 해결할 방법을 찾으려고 하니 오히려 살아갈 힘이 더 생겼다.

만약 내가 이혼하지 않았다면, 만약 엄마가 그렇게 고달프게 자라지 않았다면, 만약 동생이 죽지 않았다면…. 만약이라는 가정을 하는 것 자체가 부질없는 짓이기도 하였다. 지금 이 순간을 더 아프게만 할 뿐이다.

모든 것을 다 받아들이는 순간 감춰져 있던 마음의 문제는 수면으로 더 올라왔다. 이것이 문제를 풀어내는 근본적인 시작이 되었다.

행복은 돈, 명예, 권력, 사람 등 곳곳에서 찾아든다. 행복을 찾을 수 있는 근원은 다양하기에 정답도 없고, 조금만 마음의 각도를 달리해도 행복은 손에 닿는 곳에 있었다.

나는 어떠할까. 나의 시간을 돌아보면 나는 사람과의 관계에서 행복을 느끼는 사람이었다. 엄마도 마찬가지였다. 불행한 그 시절을 견딘 엄마는 위로받아 마땅했지만, 사랑과 위로는 평생 동안 없었다. 늘 삶과 마주하여 살아야 한다는 생각만 가진 채 엄마로서 그 자리를 견뎠다. 엄마도 엄마 역할은 서투를 수밖에 없었다. 자식 셋을 키우다 보니 꽤 괜찮은 엄마가 되었다.

하지만 자식을 잃은 후, 자신조차도 잃어버린 엄마는 불행의 늪에 빠졌다. 엄마는 스스로 '나'라는 존재를 생각하는 방법도 잊은 듯했다.

엄마를 다시 만나고 싶었다. 삶의 한복판에서 엄마가 다시 일어나 힘을 내기를 간절하게 바랐다. 엄마를 응원하고 싶었다. 엄마와 정면으로 마주하면서 내 생각만 고집하지 않고자 했다. 그리고 홀로, 내 아들과 굳건하게 이 삶을 잘 살아낼 수 있음을 꼭 보여주고 싶었다. 엄마에게 삶의 불씨는 내게 있음을 알리고 싶었다.

해냈다.

내가 힘든 시간을 버티고 견디며, 암흑의 시간을 빠져나오게 된 것은 엄마로부터 받은 것이었다. 엄마를 닮지 않았다고 생각했는데, 나는 날이 갈수록 엄마를 더 많이 닮아가고 있었다.

살다 보면 누구나 어렵고 고통스런 시간을 만난다. 그 시기에 난 나의 엄마가 삶의 버팀목이 되었다. 서로가 생채기가 나서 스스로를 돌보는 것조차 버거웠던 시절, 서로의 상처를 더 많이 볼 수 있었기에 오히려 그 시간을 버틸 수 있었다.

가장 힘든 시간이 모두에게 기회가 되었다. 내 자식을 키우면서 엄마를 다시 만날 수 있었다. 엄마는 내게 못다한 것들을 내 자식에게 채워주려고 애를 썼다. 그것이 엄마가 나를 사랑하는 또 다른 방법이었다.

대부분 자식들은 엄마를 가장 잘 안다고 착각하는 것 같다. 걱정되는 마음에 한마디라도 하면 또 그 말을 하느냐며 지겨워하기도 한다. 엄마가 무엇을 좋아하는지, 아니 내가 태어나기 전에 엄마의 시간을 알고 있는지, 지금 당신의 삶을 사느라 바빠 엄마의 시간이 어떻게 돌아가고 있는지 나는 묻고 싶었다.

엄마와 함께 삶의 굴레를 벗어날 노력을 한 것이 아니었다. 그 울타리 안에서 함께 공존하는 법을 알아내야 했다. 엄마의 아픔을 품고, 나의 아픔을 거절하지 않으니 지나간 시간이 파도처럼 밀려오고 떠나갔다.

자식은 커서 독립해야 하고, 부모는 자식을 떠나보내는 것이 백 번 천 번 옳다. 이 말이 서로를 등지라는 말은 아니다. 그러나 부모는 죽을 때까지 자식 걱정이었다. 자식은 그저 자신의 삶을 사느라 바쁘기만 한 요즘이다.

나는 그저 내 자식과 함께 내 삶을 성실하게 살아내 엄마가 걱정에서 벗어나고, 마음 아파하지 않도록 잘 사는 모습을 보이고 싶었다.

그것이 자식된 도리로 내가 할 수 있는 전부였다. 또한 가장 깊이 맺고 있는 엄마와의 관계를 가장 단단하고 따뜻한 관계로 다시 만들고 싶었다.

서로를 힘겹게 하는 그런 의존적인 관계에서 벗어나 소소한 일상을 마음껏 누리며 엄마와 딸, 할머니와 손자만 느끼는 행복을 찾고 싶었다.

서로를 독립된 개체로 바라보되 건강하고 따뜻한 마음을 가지고 서로를 향해 한걸음씩 내딛는 엄마와 딸의 모습을 전하고자 나는 엄마의 시간을 되감기하였다. 자신의 삶을 더 이상 미워하지 않고, 슬픔을 저 멀리 보내면서 지금 내가 가지고 있는 이 현재를 감사하고 있다.

엄마의 시간, 과거를 알게 되면서 엄마를 다시 새롭게 볼 수 있었다. 이 세상의 엄마는 상처로 둘러싸여 강해진 존재인 듯하다. 자식이 그렇게 만든다. 자식은 또 그런 엄마로 하여 세상을 향해 나아갈 수 있었다. 가슴에 패인 상처를 견디고 상처를 드러내고 회복하기까지 오랜 시간이 걸렸지만 엄마였기에 참아내고 견딜 수 있었다. 엄마와 딸, 한마디로 정의할 수 없는 관계이지만 하나는 분명하다.

모든 딸에게 엄마는 살아갈 이유였고, 존재였다.

엄마에게 전화가 왔다. 받을까 말까 망설였다. 화가 잔뜩 나 있으니 말이다. 속상함과 서러움, 아이에게 화를 낸 마음이 엉켜서 엉망이다. 엄마는 이미 알고 전화를 하는 것이니 이 상황이 엄마에게 또 전달될 것임이 분명하다.

"응, 엄마."

"왜 애한테 화를 냈어. 클 때 그 정도 투정도 안 부리고 어떻게 해. 이만하면 잘 크고 있는 거야."

"아니 엄마, 왜 나한테만 그렇게 오만 투정을 다 부리느냐고. 다른 사람한테는 공손하게 말도 잘하면서 왜 이 녀석은 나한테만 그러느냐고. 참다 참다 괘씸해서 소리를 좀 질렀어."

"엄마니까 그렇게 하지. 그럼 누구한테 그렇게 하냐. 저도 나한테 와서 서럽게 운다. 엄마가 잘 보듬을 거니 너도 마음 추스르고. 알았지? 딸, 그렇게 할 수 있지?"

엄마는 딸과 손자 중간에서 다리가 되어 당신이 가진 사랑을 전한다.

몇 시간 후 나는 아들을 데리러 엄마 집에 갔다. 아들은 보자마자 나를 껴안고 웃는다. 화가 났던 마음은 사라졌고 나도 웃는다. 나의 엄마도 우리를 보며 웃는다.

죽을 때까지 나의 엄마로 살아갈 당신에게 이 책을 전합니다.

엄마가 되어서야 알게 된
엄마의 시간들

엄마 이제야 알 것 같아

지은이 박주하
발행일 2020년 8월 30일
펴낸이 양근모
발행처 도서출판 청년정신 ◆ **등록** 1997년 12월 26일 제 10-1531호
주 소 경기도 파주시 문발로 115 세종출판벤처타운 408호
전 화 031)955-4923 ◆ **팩스** 031)955-4928
이메일 pricker@empas.com
ISBN 978-89-5861-200-1(03810)